달팽이 침낭

가순열 지음

달맞이꽃

그래도 다행이야.

오늘도 달맞이꽃이 나를 반갑게 맞아 주어서.

달맞이는 항상 그렇게 말해.

달이 몸을 부르르 떨다가 떨어트린 하늘 비듬,

비듬 씨앗으로 내려와 달맞이꽃으로 피어났다는 거야.

그래서 달빛을 띠고 있다네.

어디 그뿐인가.

자기는 하늘에서 떨어진 별똥별하고만 논대.

그건 맞을 거야. 숲에서 수런수런 이야기 소리가 들리길래, 살짝 엿보았더니

달맞이가 빛을 품고 있더라고.

누군가의 품에 안긴다는 건 이 세상에서 가장 큰 축복 중의 하나라고 생각해.

달맞이는 언젠가는 하늘로 돌아갈 거래.

거기가 고향이래.

가끔 나도 달맞이로 태어났으면 하는 바람이 있어.

그 모습이 하도 고와서, 돌아갈 곳이 있다 해서.

발랄하고 유쾌하게 말할 수 있는 추억이 있어서.

나는 돌아갈 고향도 없거니와 입담 좋게 얘기할 추억 따위도 없어.

가끔 그런 생각을 하지.

왜 이 모양으로 태어났을까.

나에게 아비 어미가 있긴 했을까.

따진들 부질없는 얘기지만, 그거 하나는 묻고 싶어.

나를 그렇게 버려야 했느냐고.

달맞이야 오늘은 그만하자. 나 피곤해.

내 친구 달맞이가 반갑게 맞아준 날.

소나기

비가 억수로 쏟아졌다.

"에고, 장마야 그만 물러가 주라."

삼촌은 지하에 물이 찰까 봐, 원망 어린 표정으로 구멍 난 하늘만 올려다보았다. 단원들이 모래주머니를 지하 계단 입구에 켜켜이 쌓아두었지만, 지하로 흘러 들어가는 빗물을 막을 수 없었다. 모래주머니까지 터질 모양새다.

"막 올리는 날도 며칠 안남았는데, 그날 이렇게 쏟아졌다간 볼 장 다 볼 텐데, 에고 입에 풀칠하기 참 힘들다."

"그러게 말예요, 단장님. 우리 같은 사람 불쌍치도 않나 봐, 저 하늘은?"

먹장구름처럼 꾀죄죄한 표정으로 삼촌이 중얼거리자, 단원 한 명도 삼촌처럼 이마에 주름을 모아 골짜기를 만든다.

연극을 오픈하려면 아직 일주일은 남았다. 그렇더라도 지하 1층에 물이라도 찬다면 무대는 망가질 것이고, 겨우겨우 꾸려나가는 살림조차 물에 잠기게 되는 날엔 삼촌 말대로 볼 장 다 보는 거다. 지하에서 물걸레질하던 단원들도 하나둘씩 지상으로 올라와 낮게 내려와 있는 하늘을 바라보며 투덜투덜했다.

"거듭아, 빗물은 그 넓은 바다로 흐를 것이지 왜 이 좁아터진 지하로 흐른대냐? 참 얄궂다, 그치?"

듣는 둥 마는 둥, 나는 수도꼭지에 호스를 연결했다. 건물과 건물 사이에 한 사람 정도 들어갈 만한 틈이 있는데, 그곳에 수도꼭지가 연결되어 있다. 나는 물이 마시고 싶을 때나 몸을 씻고 싶을 땐, 한겨울만 빼놓고 거의 그곳을 이용했다. 물론 세숫대야 따윈 필요 없다. 그냥 수도꼭지 틀고 얼굴을 들이밀어 세수하고 머리 감고, 손이나 발도 흐르는 물에 맡기면 그만이다. 삼촌이 그렇게 하라고 일러 주었다. 지하에 있는 좁아터진 세면실보다 훨씬 편하다. 그거라도 있으니 다행이다. 그거라도.

"거듭아, 또 뭘 하려고? 하늘 보면 몰라? 며칠 동안 이렇게 큰비가 오는데 왜 호스를 연결하냔 말이야?"

말할 때마다 툭툭 불거지는 삼촌의 목줄도 덩달아 화를 낸다. 나는 삼촌 말을 무시하고 수도꼭지를 끝까지 틀었다. 꼭지에 녹이 슬어 잘 돌아가지 않았지만, 맘껏 틀어놔야 내 직성이 풀린다. 물이 고무호스를 타고 시원하게 쏟아졌다. 수돗물 소린지, 빗소린지 가늠하기 힘든 소리가 대학로 골목을 가득 채웠다. 나는 고무호스에서 쏟아지는 물줄기를 하늘 쪽으로 올렸다. 분수처럼 치솟았다. 고무호스에서 욕망이 분출되는 순간이다. 나는 더 높이 띄워 보지만, 물줄기가 곧 꺾이고 만다.

나는 호스를 끌고 건물 틈을 벗어났다. 내 몸은 이미 빗물에 절어있었다. 으스스하긴 했지만, 뭐 상관없다. 이 작업이 끝나면 젖은 옷을 벗어버리고 몸에 남은 물기는 수건으로 닦아 내면 그만이다. 비가 온다고 해서 정해진 작업을 멈출 순 없다. 물줄기를 돌배나무 둥치에 고정시켰다. 돌배나무도 이미 비에 흠뻑 젖어 있었다. 아니, 뿌리까지 흠뻑 젖은지라 수돗물 따윈 필요치 않았다. 오히려 목까지 차오른 물을 밖으로 자꾸자꾸 토해 내는 중이다.

그렇더라도 내 작업은 멈출 수 없다. 세상이 뒤집힌다 해도, 금요일 오후 5시 10분엔 극단 건물 앞, 돌배나무에 물을 주어야 한다.

햇살이 따끔거리던 날, 그늘막을 만지다가 돌배나무를 발견했다. 초상화를 그리기 시작한 다음 날이다. 돌배나무가 내 의자와 맞닿아 있었다는 걸 그제야 알아차렸다. 매일 지하를 들락거렸어도 보이지 않던 나무였다. 봤더라도 관심조차 없었다고 해야 옳을 것이다.

나무를 살폈다. 벼락 맞은 것처럼, 몸통이 반으로 꺾인 채였다. 온몸에 상처투성이다. 썩어 사그라질 것 같은, 땔감으로도 환영받지 못할 모양새를 하고 있었다. 숨도 쉬는 것 같지 않았다.

'가엾은 것.'

오랜만에 할머니 흉내를 내 보았다. 내 어린 시절, 할머니가 곧잘 혼잣말로 중얼거리셨던 그 '가엾은 것'이 나였다는 걸 나중에 알았다. 갑자기 왜 할머니의 그 말이 떠올랐는지 모를 일이다. 나무를 보니 그냥 명치끝이 아렸다. 썩은 냄새가 코를 자극했다. 에취, 재채기로 신호를 보냈다. 그리곤 자세히 나무를 더듬었다. 허리가 꺾였으니 얼마나 괴로울까, 도끼 같은 것으로 찍힌 자국이 선명하다. 갑자기 내 허리가 아파온다. 거기다 내 허벅지만 한 몸통에 구멍도 뚫려 있다. 그 자리에 서 있는 게 신기할 정도다.

'어라, 이게 뭐지?'

꺾인 부분을 뚫고 삐죽이 나온 어린 새싹 한 잎이 나를 처연히 바라보았다. 연둣빛 생명이 나를 반겼다. 그제야 앓는 소리가 들렸다. 살려 달라는 아우성이었다.

'어! 살아있었니?'

천덕꾸러기 돌배나무가, 여태껏 버텼던 건 아마 나와 이어질 인연 때문이었을까?

'목마르니?'

대답 따윈 들을 필요 없다. 나는 곧바로 호스를 끌어다 물을 주기 시작했다. 돌배나무에서 쿨렁쿨렁 소리가 날 때까지 물을 뿌려 주었다. 세상에! 돌배나무가 얼마나 좋아하던지. 얼마나 목이 말랐으면, 별것 아닌데 연신 고맙다는 인사를 했다. 하긴 세상에 쓸데없는 일이란 없다. 별일 아닌 일이란 없다. 다 별일이다. 나는 나무를 쓰다듬었다.

'꺾인 부분을 아예 잘라 줘, 제발.'

나는 톱으로 꺾인 부분을 잘라 냈다. 생각보다 줄기가 질겨 톱질하기가 만만치 않았다.

'휴, 살았다. 이제야 숨을 제대로 쉴 수 있겠네.'

톱자국 부분에 물방울 같은 게 묻어났다. 자기 몸의 수액을 끌어 올려 상처를 보듬는 중이었다. 나무는 그렇게 수축과 팽창을 번갈아 가며 한참을 끙끙거렸다.

'일주일에 한 번, 금요일 오후 5시 10분, 너에게 물을 줄게.'

돌배나무와 그렇게 약속하곤, 할 일 하나를 내 머릿속 수첩에 입력해 놓았다. 한 번 각인되면 좀처럼 잊히지 않는 기억 수첩에.

돌배나무 옆에 있는 화분들도 내가 호스만 들고나와도 춤을 추었다. 건물을 관리하는 김 씨 아저씨는 화분을 건물 입구 계단에 죽 늘어놓긴 해도 물 주는 걸 자주 깜빡깜빡 잊어버렸다. 그러다 보니 죽어 나가는 화초들이 많았다. 내가 물을 주고부터는 쓰레기장으로 직행하는 화초들은 없었다. 저들도 태어날 때는 나름 쓸모가 있었을 텐데, 임자 잘못 만나 홀대받는 걸 보니 기분이 몹시 상했다. 화분 속 화초들은 돌배나무처럼 물을 많이 준다고 좋아하진 않았다. 적당히 뿌려 달라고 부탁하는 바람에 넘치지도 모자라지도 않게 물을 주었다. 난 그들의 표정만 봐도 알 수 있었다. 지들끼리 속삭이는 말까지 들렸다. 그들의 언어는 참 재미있다. 우리는 우리 언어로, 화초는 화초 언어로.

돌배나무도 서서히 기운을 차렸고, 생기가 돌았다. 비록 몸통은 잘려 나갔지만, 잔가지를 치며 꽃도 피어 올리고 싱싱한 잎사귀도 달기 시작했다. 깊이 팬 상처가 안쓰러워 황토 헝겊으로 둘둘 말아 주었다. 그걸 삼촌이 알려 주었다. 상처가 낫더라도 헝겊을 풀지 않을 작정이다. 그걸 둘러서인지 힘이 생긴다며 좋아했다. 새들이 헝겊 부위에 기웃거리기도 했다.

'원래 내 고향은 산이었어. 대학로로 온 지 10여 년 정도 됐는데, 돌봐 주는 사람 하나도 없더라. 그래도 나는 새들을 품었어. 허리가 꺾여 반 토막이 난 뒤론 새들이 근처에도 오지 않았어. 하긴, 품을 힘도 없어졌으니 그럴 만도 하지. 언제 죽을지 모르는 처지가 살 떨리게 두려웠지. 하루하루가 공포였어.'

나는 돌배나무가 겪었을 공포가 얼마나 무섭고 두려운 건지 알고도 남았다. 나도 그랬으니까.

그런 인연으로 금요일 오후 5시 10분, 비를 억수로 맞으면서도 돌배나무와 한 약속을 지켰다. 물이 필요치 않더라도 돌배나무는 나를 반겼다. 아마 자기도 반신반의했었나 보다. 굳이 그렇게까지 할 필요가 없는데, 마다치 않고 약속을 지켜 준 게 고마운 모양이었다. 나무들은 필요한 만큼만 마시고 토해 낼 능력을 갖추고 있었다. 사람들처럼 과욕하지 않았다. 한쪽에선 굶어 죽고, 한쪽에선 너무 많이 먹어 죽어 죽고.

금요일 오후, 잠깐의 행위를 통해 우리는 축제를 즐기듯이 서로 교감을 나누었다.

지나가는 사람들이 나를 힐끔힐끔 바라보았다. 내 무양새가 딱해 죽겠다는 듯이. 쯧쯧 혀를 차기도 하고, 무어라 서로 속삭이기도 하고 히죽히죽 웃기도 한다.

"저 애 미친 거 아니야? 비가 오는 날 발작하면 고칠 수도 없다는데?"

"생긴 건 멀쩡한데 그것참 안 됐네, 안 됐어."

그렇게 비아냥거려도 나는 아무렇지 않다. 나하고 상관없는 일이다. 말하는 그 사람들 일이다. 저들의 내면을 들여다보고 싶은 호기심이 발동할 때가 있다. 슬쩍 눈을 맞추고 싶은 충동이 일 때가 있지만, 쓸데없는 곳에 감정 소모하기 싫어 그만둔다. 대학로에 와서 새롭게 생긴 감정이다. 이런저런 군상도 많고 복잡하게 얽힌 관계 때문일까. 시간이 지날수록 내 의사와는 관계없이 뭔가 자꾸 얽히려 한다.

그런들 어쩌랴. 나는 돌배나무와 한 약속이 무엇보다 소중한걸.

비 오는 날도 약속한 시각에 돌배나무에 물 주기.

달팽이 침낭

-작가의 말

어느 세계에 빠져 있기에 저리 평온할까.
누굴 만났기에 저리 좋아할까.
어떤 모험을 떠났기에 저리 신날까.
무엇을 보았기에 저런 심각한 표정을 지을까.

락이 앞에만 서면 여러 가지 궁금증이 생깁니다.

수시로 변하는 락이의 표정을 따라가다 보면, 그가 속한 세상은 어떤 곳일까, 어떤 세계가 펼쳐질까? 혹시 영화 <코코>의 배경에 나오는 '사후 세계'를 누비고 다니는 건 아닐까. 미구엘과 손잡고 노래 부르고 춤추고…. 그곳이라면 정말 밝고 신나는 곳인데, 아니면 <겨울 왕국>에 나오는 눈사람 '올라프'라도 만난 것인가. 사랑의 전령사 올라프와 함께라면 서로 따뜻한 시선으로도 위로를 나눌 수 있는데….

온갖 상상력을 동원해 보지만, 뭐 하나 시원하게 알 수 있는 건 없습니다.

락이에 대한 끊임없는 궁금증이 이 소설을 쓰게 된 동기입니다. 쓰면서 자괴감과 회의에 빠질 때가 많았습니다. 락이가 만나는 세계와는 전혀 다른 얘기를, 내 멋대로, 내 생각대로 펼쳤으니까요.

작가의식이 발동하지 않았다면 아마 마침표를 찍지 못했을 겁니다. 몇 년 전에 써놓고도 쉽게 꺼내 보지 못한 또 다른 이유는 두려움 때문입니다. 락이가 이 작품을 읽으면서, 다 엉터리라고 항의할지 모릅니다. 내 상상력에 반기를 들 것 같기도 합니다. 그 두려움 떨치고 용기를 내봅니다. 그들과의 간극을 좁힐 수 있기를 바라면서요. 아들에게 '엄마'라는 소리를 단 한 번이라도 듣고 싶어 하는 락이 엄마 소원, 그 소원이 꼭 이루어지길 간절히 바라는 마음도 한몫했습니다.

대학로

대학로 골목을 지나가는 바람은 유난히 거칠다. 지나가는 길을 막아 놔서 심통이 난 거다. 아무런 장애물 없이 목적지를 향해 달려가야 하는데, 높게 세워진 건물들이 앞을 가린다. 그 차갑고 딱딱한 콘크리트 벽을 피해 가려니 괜히 짜증이 날 수밖에.

나는 볼에 스치는 찬바람을 양손에 움켜쥐었다.

'왜 그렇게 찡그리고 다녀, 길 잃었니? 그러니까 이곳에 발 들여놓지 마라. 바람은 막힘없이 어디든지 날아가는 자유로운 영혼이잖아. 신이 너희에게 준 운명일 테고. 그 자유로운 영혼이 천형처럼 느껴질 때가 있니? 나는 그렇거든. 나와 같이 살고 있는 괴물이 천형처럼 느껴질 때가 있어. 그래서 물어본 거야. 어딘가에 오래 머물고 싶은 충동 같은 게 없나 하고. 그렇더라도 대학로엔 갇히지 마라. 너희는 답답해서 몸살을 앓을 거야. 그렇지, 달팽이 침낭아?'

무릎 위를 곱게 덮고 있는 달팽이 침낭에게 말을 던지고, 주먹 안에 움켜쥔 바람을 슝 하고 날려 보내려는 순간,

"뭐? 아버지가 그 불여우네 식구들 다 불러 파티를 한다구? 파티는 무슨 얼어 죽을 파티! 떼거리로 몰려와 배 터지게 처먹고 술판 벌일 게 뻔하지."

미로가 편의점 문을 박차고 나왔다. 17살의 미로, 편의점에서 아르바이트하면서 전화 걸 때나 전화 받을 땐, 늘 내 앞에 놓인 손님 의자에 털썩 앉는다. 양해도 구하지 않는다. 무례한 행동이다.

그래도 나는 그런 미로의 행동이 싫지 않았다. 미로가 앉든지, 지나가는 개가 올라앉든지, 하물며 도둑고양이가 훌쩍 올라앉아 단잠을 잔다 한들, 나는 눈 하나 꿈쩍하지 않는다. 의자는 앉으라고 만들어 놓은 물건이다. 텅 빈 의자는 쓸쓸하다. 그래서 지나가는 바람도 쉬게 하고 나무에서 떨어진 나뭇잎도 편히 쉴 수 있도록 내버려 둔다. 앉는 사람이 임자다. 하다못해 거지가 쉬어간다 한들 세상은 뒤집히지 않는다. 내가 어렸을 때 할머니가 그랬다.

"의자는 앉으라고 만든 것이지, 모셔 두라고 만든 게 아녀. 세상 사람들은 그 의자를 모시기도 하고, 그 의자를 차지하려고 다투기도 하니 영 마땅치 않다, 거듭아."

내 앞의 의자는 당연히 손님만 앉아야 할 의자다. 손님 아닌 이들이 앉았다간 삼촌에게 핀잔맞기 일쑤였다. 삼촌이야말로 이 세상 걱정거리를 몽땅 안고 사는 사람이다. 의자가 더러우면 더럽다 뭐라 하고, 망가지면 망가진다 하고, 손님 없으면 없다 하고, 손님 많으면 왜 하필 한꺼번에 밀리냐 하고, 삼촌은 내가 봐도 쓸데없는 걱정을 많이 한다. 구시렁거려 봐야 쓸데없는 걱정. 그렇게 많은 걱정을 끼고도 잘 살아내는 것 보면 삼촌이 참 용하다는 생각이 든다. 삼촌 말로는 먹여 살릴 식구가 많아서 그렇단다. 먹여 살릴 식구란 나를 포함해 10여 명의 극단 단원을 두고 하는 말이다. 내가 볼 땐 단원들도 열심히 일하고 땀 흘리는 사람들이다. 그런데 삼촌은 자기 혼자 그들을 다 먹여 살린다고 말한다. 삼촌이야말로 태어날 때부터 걱정을 한 아름 안고 태어난 것 같다. 원래 극단장은 그렇게 태어난 인생이란다. 그러면 그런가 보다.

　나는 이 세상에 일어나는 모든 일을 당연한 것으로, 태초에 그렇게 생겨 먹은 것으로 알고 있다. 삼촌이 그렇게 생긴 것도 당연하고, 단원들이 연극을 하는 것도 당연하고. 미로가 편의점에서 일하는 것도 당연한 일로 여긴다. 물론 내가 지하에 자리 잡은 극단 입구에서 초상화를 그리는 것 또한, 내 삶 한 자락을 차지하는 당연한 일 아닌가. 그러니 삼촌이 태산만큼 걱정을 떠안고 사는 것도 당연한 일이긴 하다.

　거기다 덧붙이자면 내가 자폐아로 태어난 것도 신의 섭리인 걸 난들 어쩌겠는가. 그러니까 사람들이 나를 바보 천치로 여긴다 해도 그것 또한 당연한 일이다.

"뭐? 아버지가 나를 찾아오라 불호령을 내렸다고? 웃기고 자빠졌네. 더군다나 그 불여우네 식구들 죄다 몰려온다는데, 내가 미쳤어? 그 소굴로 다시 들어가게."

　미로 마음 속에서 화통이 터진 모양이다. 핸드폰 저편에서 들려오는 목소리에 귀 기울이며, 시선은 내게로 꽂았다. 미로와 눈도 마주치지 않았는데 그걸 어떻게 아냐고 물으면 글쎄, 설명할 방법은 없다. 나는 상대방의 얼굴을 바라보지 않고도, 몸 어느 한 부분만 바라봐도 상대방의 표정을 다 읽어 내릴 수 있다. 거기다 상대방의 눈과 마주치기라도 하면 그 순간! 그 사람의 마음을 읽어 내리는 덴 단 1초도 걸리지 않는다. 스캔 뜨듯이. 나에겐 그게 천형이자 당연한 일이다. 이 세상에 태어날 때 끌어안고 나온 천형. 그래서 아주 특별한 일이 아니고선, 나는 좀처럼 상대방과 눈을 마주치지 않는다.

"우리 아버지가 똘마니를 시켜 나를 잡으러 온대. 그 불여우가 시킨 일이겠지. 또 숨바꼭질하게 생겼다, 거듭아."

핸드폰을 주머니에 집어넣고, 미로는 여느 때처럼 내 앞에 섰다. 그런 다음 손가락으로 브이 자를 만들며 내 눈동자 앞에 대고 휘휘 내저었다. 나는 내 옆에 있는 돌배나무에 시선을 두고 눈 하나 깜빡이지 않았다.

"거듭아, 정말 미치겠다. 나도 너처럼 말문 닫고 시선 거두고 고요히 살고 싶은데, 그 작자가 가만히 놔두질 않네. 나 좀 네가 빠져 있는 그 세계로 데려다줄래?"

미로는 그 말을 던지고 쪼르르 편의점으로 들어가 빵 하나를 들고나왔다. 내가 좋아하는 단팥빵이다. 먹어, 먹어. 미로가 내 입에 넣어 주려 한다. 난 그게 싫다. 내가 입을 꼭 다물었다.

"그래, 알았어. 귀찮게 안 할게. 그런데 거듭아, 아빠, 아니 그 작자하고 사는 그 불여우 진짜 찐따인데 아빠는 뭐가 좋아 그 여자만 보면 사족을 못 쓸까?"

미로가 빵을 내 손에 쥐어 주었다. 나는 빵을 맛있게 먹었다. 나는 별것 아닌 먹을거리를 놓고도 최고의 만찬인 양, 허리를 꼿꼿하게 펴고 입가에 음식이 묻지 않도록 품위 있게 먹었다. 그게 신기한지 미로는 매일 매일 먹을거리를 나에게 건넸다. 그 시간이 기다려졌다. 마음보다 내 몸이 더 먼저 알아차렸다. 미로가 바빠서 그 시간을 넘기면 저절로 편의점 쪽으로 관심이 갔다. 아니, 미로에게 관심이 갔다. 관심? 그게 뭐지.

"거듭아, 네가 무슨 생각하는지 다 알 수 있거든. 너도 내 말 다 알아듣잖아. 그런데 거듭아, 내 눈 좀 한 번만 바라봐 주라. 촉촉이 젖은 내 눈동자 좀 바라봐 달라니까? 네가 너무너무 잘생겨서 그래. 그렇죠, 손님?"

미로는 편의점으로 들어서는 단골손님에게 동의를 구했다. 무슨 일? 하고 손님은 반문한다. 미로는 손가락으로 나를 가리키며 "얘 말이에요, 박보검보다 더 잘생기지 않았느냐고요." "그러네?" 두 사람의 대화는 편의점 안으로 들어가서도 이어졌다.

'잘생겼다고? 그럼 못생긴 사람은 누구지?'

미로가 하는 말이 다 들렸다. 내 귀에는 차단기가 달려 있어, 내가 듣기 싫은 소리는 그 차단기를 내리면 그만이다. 그런데 미로가 하는 말은 귀로 들어와 가슴으로 스며든다. 한 번도 경험해 본 적 없는 일이 미로를 통해 벌어지고 있다. 물론 누군가가 알려 주는 규칙도 내 마음대로 조절할 수 있다. 이걸 입력해? 말아? 문제는 한 번 각인되면 그대로 따라야 한다는 사실이다. 그게 내 규칙이다.

그런데 미로가 하는 짓을 보면 거부반응이 없다.

"내 눈 좀 한 번 바라봐 주라, 응?"

다시 내 앞에 서서 건들거렸다.

"거듭아, 그 작자 말고 나를 미치게 하는 사람이 하나 더 생긴 것 같다. 바로 너!"라며 얼굴을 내 얼굴 가까이에 대고 깐죽대는 미로 눈과 하마터면 마주칠 뻔했다. 그런데도 기분 상하지 않았다. 그랬다면 차단기가 저절로 쳐졌을 것이다.

나는 미로가 일어서면서 아무렇게나 밀쳐놓은 의자를 원위치로 돌려놓았다. 그런 다음 내 의자에 다소곳이 앉았다.

오픈 첫날 삼촌이 가르쳐 준 대로. 내 뇌에 입력한 대로.

내가 초상화를 그리기 시작한 첫날, 삼촌은 내가 해야 할 규칙을 또박또박 알려 주었다.

"그러니까 거듭아, 이 의자는 거듭이가 앉을 의자야. 거듭이 앞 의자는 손님이 앉을 의자이고. 이 의자를 깨끗이 닦아서 이 정도 거리를 두고 손님을 맞는 거야. 알았지?"

삼촌은 연극 대사처럼 또박또박 정확하게 알려 주었다. 나는 삼촌이 알려준 대로 내 의자에 앉아 손님을 기다렸다. 삼촌은 지하를 들랑거리며 나를 챙겼다. 그러니까 내가 앉아있는 위치는 지하에 있는 극단으로 들어서는 입구 옆에 붙어 있다. 내가 친구로 삼은 돌배나무는 내 의자 옆에 있고. 삼촌은 이젤 위에 자신의 초상화 한 컷을 올려놓고, 햇빛 가리개도 쳐 주었다. '초상화 한 점에 만 원'이라는 문구도 걸었다.

첫 손님은 이 건물주인 박 사장이었다. 오지 않겠다는 것을 삼촌이 직접 가서 모셔 왔다.

"사장님, 이 아이 그림 솜씨 한번 봐 주십시오. 나거듭이라고 제 조카인데, 아마 초상화 보시면 반하실 겁니다. 30분만 가만히 앉아 계시면 아주 근사한 초상화가 뚝딱 탄생할 겁니다."

박 사장이 의자에 앉자, 나는 거침없이 손을 놀리기 시작했다. 사장은 지나가는 사람들에게 눈인사하며 헛기침을 해댔다. 쑥스러운 모양이다. 그렇더라도 나는 그와 눈을 마주치지 않았다. 가슴께에 시선을 던져도 박 사장 얼굴이 다 보인다. 삼촌은 내심 염려가 되는지 안절부절, 정신없이 굴었다. 초상화는 완성됐다. 딱 삼십 분이 걸렸다. 삼촌이 한 시간 걸린다고 했다면 초상화 한 점 그리는 데 한 시간이 걸렸으리라.

"거참 이상하네. 내 얼굴을 똑바로 바라보지 않고도 초상화를 척척 그려 내다니 천재가 틀림없군. 대학로 명물이 되겠는데? 사람들한테 제대로 소개해야겠어."

박 사장은 흡족해하며 5만 원짜리 두 장을 내 재킷 주머니에 찔러 주었다. 사장이 사라지자, 삼촌은 나를 향해 엄지손가락을 치켜 올랐다. 사장이 한 말은, 내가 자기 건물 앞에서 초상화 작업을 해도 눈감아 주겠다는 뜻이다. 건물 근거리엔 좌판 잡상인들은 얼씬도 못 한다. 박 사장의 팍팍한 성격 때문이다. 그런 사람이 우리가 벌인 좌판을 허용하겠다니, 삼촌은 그저 황송할 따름이라며 고개를 무릎까지 숙였다. 하긴 눈감아 준 일이 어디 이번 한 번뿐인가.

삼촌은 극단장이기도 하지만, 연극배우이기도 하다. 이 건물 지하에서 소극장을 꾸려나가고 있는데, 언제나 주머니는 비어 있다. 더불어 임대료를 제날짜에 낸 적도 별로 없었다. 임대료는커녕 때로는 전기세, 수도세 따위의 관리비도 밀릴 때가 있었으니 당장 내쫓아도 할 말 없는 상황이었다. 가끔 누가 던져주고 갔다며, 밀린 임대료 따위를 해결하지만 극단을 꾸려나가기엔 터무니없이 모자랐다.

그런 상황에 건물 입구 한 귀퉁이를 차지해도 무방하다는 암묵에, 삼촌은 사장의 뒤꽁무니에 대고 수십 번이나 허리를 구부렸다.

"잘했어, 거듭아. 아주 잘했어. 그렇게 하면 돼."

삼촌은 나에게 일하는 시간을 정해 주었다. 오후 1시부터 5시까지였다. 그렇게 정한 뒤, 나는 한 시 정각이 되면 영락없이 내 의자에 앉았다. 손님이 있거나 없거나 상관하지 않았다. 어떤 일이 있어도 난 그 시간은 그 자리에 앉아 있어야 했다. 무료하면 책을 읽거나 보이는 대로 그림을 그렸다. 초상화를 그리다 5시가 되면 나는 여지없이 거기서 멈췄다. 완성되지 못한 초상화에 당황하는 건 손님이었다. 아니, 삼촌이었다.

"아니, 거듭아. 그렇다고 손님 모셔 놓고 초상화를 그리다 말면 어떻게 해?"

삼촌 얼굴이 벌겋게 달아올라도 나와는 상관없는 일이다. 내가 일하는 시간은 1시부터 5시까지다. 그렇게 정했으면 그대로 하는 수밖에.

몇 번 그런 일이 반복되자, 삼촌은 4시 30분 넘어 손님이 의자에 앉으면 정중하게 설명을 해서 보냈다. 그렇더라도 나는 5시까지는 내 의자에 앉아 있었다. 손님이 매일 찾아오는 것도 아니었다. 공치는 날은 물론, 하루에 한 건 정도가 고작인 날도 많았다. 햇살 좋은 봄날이나 단풍놀이하기 딱 좋은 날은 쉴 새 없이 손님들을 맞았지만, 그런 날은 횡재한 날에 속했다.

오늘은 손님이 한 분 다녀갔어. 아주 예쁘고 귀여운 다섯 살짜리 소녀. 그 애 엄마는 의자에 다소곳이 앉아 있는 딸을 바라보며 세상에서 가장 행복한 표정을 지었지. 그런 덕에 초상화 속의 소녀도 한껏 행복한 모습이었어. 초상화를 그리는 동안 나도 덩달아 행복했어. 행복 바이러스가 스며든 것이지. 아, 그러고 보니 이런 감정도 스며들긴 하네. -천사가 주고 간 행복 바이러스-

손목시계를 보았다. 5시가 되려면 아직 이십여 분이 남았다. 내가 할 일은 그 시간을 채우는 일이다. 돌배 나뭇잎이 내 볼살을 어루만졌다. 무료할까 봐 내민 손길이다. 고마운 존재다.
"거듭아, 얼른 내려와서 밥 빨리 먹자. 오늘은 좀 분주하겠는걸."
삼촌이 고무장갑을 낀 채 지하에서 지상으로 올라왔다. 이번 시즌에 올린 '찰떡'이라는 제목의 연극이 오늘 막을 내린다. 그런대로 호평을 받았다. 신문이나 TV에서 기사를 띄워 줘서 그나마 적자를 면할 수 있었다. 단원들에게 출연료 명목으로 얼마씩이라도 나눠줄 수 있어 얼마나 다행한 일인지 모른다며 삼촌이 싱글벙글 입을 다물 줄 몰랐다. 그 계기로 단원 중 두 명은 TV 드라마에 조연으로 출연하게 되었다. 단원 모두 웃을 기회가 생겼다. 걱정했던 일은 하나도 일어나지 않고 뜻밖의 좋은 일만 생겼다며 삼촌이 호들갑을 떨었다.

  삼촌은 그게 다 내 덕분이란다. 내가 삼촌과 같이 살고부터는 이상하게 일이 잘 풀린다고 했다. 일이 풀렸다기보다, 그렇게 많이 껴안고 있던 걱정이 조금씩 사라졌다고. 어깨 위에 짊어졌던 짐이 조금씩 가벼워지고 있다고. 나를 보고 있으면 저절로 그렇게 된단다. 사람들은 사실과 관계없이 자기 기분대로 말하고 생각한다. 신이 그렇게 부여한 삶을, 아니, 자신이 선택한 삶일 뿐인데, 자꾸 어떤 인연과 연결시키려 한다. 삼촌이 그렇다.
  만약 나와 같이 있어 일이 잘 풀리지 않으면 삼촌도 나를 버릴 셈인가.
  삼촌이 오늘은 조금 일찍 내려와 밥 먹으라며 내 팔을 잡아끌었다. 나는 꼼짝하지 않았다.
  "거듭아, 오늘은 삼촌 말 좀 듣지? 이럴 땐 5시까지 앉아 있지 않아도 된다니까. 네가 이 시간에 여길 비운다고 해도 하늘이 무너지지 않구, 땅도 꺼지지 않는다니까? 5분만 일찍 밥 좀 먹자, 찌개 다 타겠다."
  어떻게 해도 내가 움직이지 않는다는 걸 삼촌도 알고 있다. 물론 나를 억지로 끌어다 밥상 앞에 앉힐 수도 있다. 하지만 그렇게 되면 내 모든 행동은 거기서 정지된다. 설령 밥상 앞에 앉았다 해도 난 밥을 먹지 않을 것이다. 왜냐하면, 누구에게 강요당하는 순간 내 머릿속이 하얘질 테니까.

"삼촌, 왜요? 오늘은 방송국에서 촬영 안 나오나요?"

미로가 편의점을 문을 열고 참견했다. 며칠 전에 '예술극장'이라는 방송 프로그램 팀이 단원들과 인터뷰를 했다. 그때 옆에서 구경하고 있던 미로에게 PD가 마이크를 들이밀며 한마디 해 달라고 요청했었다.

"찰떡이라는 연극 보았나요?"

"그럼요, 매일 보다시피 해요."

"그래요? 왕 팬인가 봐요."

"네, 너무 재미있어서요. 나하고 찰떡처럼 궁합이 잘 맞는다고나 할까요, 이 연극을 보고 나면 기분이 좋아지고, 행운이 찰떡처럼 착 달라붙더라니까요, 후훗."

미로의 인터뷰가 방송에 떴다.

그러고 보니 미로도 한몫했다. '찰떡'이 뜬 이유 말이다. 거짓말을 진짜보다 더 진짜같이 잘 포장해 줬다. 연습할 때 한 번, 그것도 슬쩍 본 적밖에 없다. 정작 '찰떡'을 무대에 올렸을 땐 근처에도 와 본 적 없던 미로가 매일 본 사람보다 더 리얼하게 호들갑을 떨었다. 미로 말을 들으면 정말 보고 싶다는 충동이 일 정도로. 하긴, 극단 주위를 돌다 보면 그 내용 따윈 서질로 꿰뚫이 볼 수 있다. 그게 대학로 물을 먹어 본 사람의 근성이다. 한 번 눌러앉으면 좀처럼 떨어질 생각을 하지 않는다.

대학로를 걷다 보면 아르코, 스무디킹, 미미하우스, 정보소극장, 마야, 로마의 휴일, 소주를 찾는 사람들, 솟대, 천 년 동안도, 레빠니, 옵서예, 남도 이야기, 사랑방 손님과 어머니, 모차르트……, 이런 간판이 사람들을 반긴다.

삼촌이 미로에게 눈짓을 한다. 안 봐도 알 수 있다.

"거듭이가 말을 안 듣네. 미로 네가 얘기 좀 해 볼래?"

"쟤는 내 말도 안 먹힌다니까요, 삼촌? 다른 사람은 내 그물에 아주 잘 걸리더구만."

다른 사람이 나를 향해 저렇게 투박한 말을 던지면, 삼촌은 주먹을 틀어쥐고 화를 내거나 당장 쫓아버릴 것이다. 하지만 미로만큼은 어떤 말을 해도 받아주었다. 누구보다도 미로 심성을 잘 알고 있었다. 적어도 나를 기만하지 않는다는 이유로.

어떤 규칙이나 교육이 내 안으로 들어오면, 내 안에 사는 괴물이 조정하니 나도 꼼짝할 수 없다. 그런데 미로와 마주치는 날이 많아지면서, 조금씩 그 규칙에 균열이 계속 일어났다. 무슨 조화인지 모르겠다. 태어날 때 부여한 천형 말고도, 신은 끊임없이 내 감각과 감정을 조정하고 있지 않을까 하는 의구심을 떨치기 어렵다.

"미로야, 내려가 있을 테니 거듭이랑 내려와라."

삼촌은 밥 떠먹는 시늉을 하며 지하로 내려갔다. 삼촌이 제일 많이 쓰는 단어는 '밥'이라는 단어다. 무엇을 해도 밥과 연결한다. 야, 그거 하면 밥은 안 굶겠다, 밥 한 끼 먹자, 밥값 했네, 밥통같이 그것밖에 표현 못 하니, 밥값치곤 되게 비싸네, 밥줄 끊어지면 어쩌냐, 밥 굶기지 않는다니까……. 하긴, 세상 모든 일을 밥에 빗대어 쓴다 해서 어색할 건 하나도 없다. 그를 두고 사람들을 밥 못 먹고 죽은 귀신이 삼촌 몸속으로 들어간 게라고 얘길 한다. 밥 한 끼 먹지 못하면 삼촌은 큰일 난다. 내가 밥맛이 없어 한 끼만 걸러도 삼촌은 무슨 큰일이 난 것처럼 호들갑을 떤다. 아파도 먹고, 슬퍼도 먹고, 기분이 좋아도 삼촌은 밥을 찾았다. 이 세상에 쌀처럼 고마운 게 없다고 했다. 쌀이 떨어지면 살맛이 안 난다는 삼촌. 그래서 입에 '쌀 맛 나네, 쌀 맛 나'를 달고 다닌다.

미로는 손님 의자에 앉아 나를 하릴없이 바라보았다.

"4분, 3분, 2분, 1분. 와, 5시다!"

미로가 만세를 불렀다.

"왜! 무슨 일 났냐?"

삼촌이 놀라 계단을 오르며 소리쳤다.

"아뇨? 드디어 5시가 다 되었다구요."

수다 떠는 대회에 나간다면 미로는 단연코 일등을 할 것이다. 언제나 재잘재잘, 말할 상대가 없을 때도 중얼중얼, 그게 성이 차지 않으면 노래라도 흥얼거렸다. 내 앞에서만 그렇다는 얘기다.

"미로는 입안에서 모터가 돌아가는 것 같애. 그래도 가끔은 쉬게 해

쥐야지, 안 그러면 열 받아 그 모터가 터져 버리고 말걸?"

삼촌이 놀림 반 진담 반으로 미로의 입을 막았다.

"이렇게 하지 않으면 죽어버릴 것 같은데 어떻게 해요? 거듭이 앞에만 서면 내가 마법에 걸리나 봐요. 입이 저절로 열려요. 그러니까 나도 배우 시켜 달라니까요, 삼촌?"

하면서 미로는 너스레를 떤다. 뒤따라온 단원 권 언니가

"야, 배우는 아무나 하냐? 일찌감치 꿈 깨라니까."

라며 면박을 줬다.

"치, 배우가 뭐 그리 대단한 건가요? 배우는 밥 안 먹고 똥도 안 싸냐고요, 언니?"

"그럼 배우가 니들하고 같으냐? 안 그래요, 단장님?"

삼촌은 둘 사이에 서서,

"지랄들하고 있네. 빨리 내려오기나 해."

삼촌은 노닥거릴 시간 없다며 지하로 사라졌다. 권 언니도 삼촌 꽁무니를 쪼르르 따라가고. 미로도 정리하고 나온다며 편의점 안으로 들어갔다.

내가 이곳에 온 지 일 년 남짓, 그동안 미로가 쏟아 놓은 얘기는 참 많기도 했다. 그런데도 풀어 놔야 할 얘기는 이구아수 폭포수보다 더 많다며, 여유가 되면 어디 여행이라도 가자고 한다. 물론 속사포처럼 쏟

아내도 일방적인 대화일 수밖에 없다. 미로는 그걸 믿지 않는다. 내가 자기 얘길 다 들어 준다고 믿는다. 그건 사실이다. 미로가 하는 말은 여전히 듣기 좋다. 그래서 청각에 차단기를 치지 않는다. 미로 앞에선 활짝 열어 둔다. 한 마디도 그냥 흘리지 않고 다 흡수된다. 미로가 본 창으로 세상을 보는 게 좋다. 미로는 낮엔 편의점에서 일하고, 밤엔 Bar에 가서 신나게 논다고 했다.

　삼촌이 다시 올라왔다.

　"미로야, 편의점 일 넘겨주고 얼른 내려와라. 우린 먼저 내려간다."

　삼촌 말대로 일단 밥부터 먹어야겠다. 그래, 미로야 얼른 내려와라, 속으로 그렇게 외쳤다. Bar로 달아날까 내심 걱정이 된다. 나는 그게 참 싫다. 미로도 자신이 Bar에 숨어드는 걸 좋아하지 않는다. 모든 걸 잊기 위해 나간다고 했다. 자기 아버지가 자꾸 그쪽으로 몰아넣는다며 투덜투덜했다.

　그 생각을 하니 밥이 목으로 넘어가질 않았다. 미로 아버지가 어떤 사람인지 궁금했다. 어떻게 생겼길래 자기 딸을 Bar에 내모는지 그걸 알고 싶었다. 왜 자기 딸을 자꾸 술 퍼마시게 하는지, 왜 자꾸 햇빛 없는 지하로 숨어들게 하는지, 그 아버지를 만나 그와 눈을 맞추는 순간, 그 마음을 훤히 들여다볼 수 있을 텐데.

　삼시 후, 미로가 지하로 내려왔다. 이상하다. 밥상이 허전하다가 미로가 들어오면 꽉 찬 느낌이다. 반찬 없어도 밥맛이 절로 좋아진다. 음식은 몸을 지탱해 주는 도구로만 여겼다. 신맛 짠맛 단맛 쓴맛 떫은맛을 헤아리며 음식을 먹지 않았다. 그런데 미로를 만나고부터는 오미가 혀로 느껴졌다.

"얼른 여기 아무 데나 끼어 앉아라. 밥은 퍼 놨다."

삼촌이 수저를 내밀었다. 10여 명의 단원 틈을 비집고 미로가 철퍼덕 앉았다. 머슴밥이 이럴까. 금방이라도 쏟아질 것 같은 밥공기를 들고 미로는 숟가락 대신 입을 쑥 내밀어 밥을 한 입 떼어 먹었다.

"와우! 참치와 김치의 우아한 만남이라, 밥이 술술 넘어가겠는데? 요즘 따라 왜 그리 밥 냄새가 좋을까? 죽여주는데."

단원들은 머쓱한 표정으로 힐끔거렸다. 삼촌이 자나 깨나 밥 타령을 괜히 하겠나. 이런 맛 때문에 매일 밥 타령을 하는 거라며 미로가 너스레를 떨었다.

삼촌과 단원들은 밥그릇을 비우고 무대로 들어갔다. 이번 연극의 마지막 연습 시간이다. 무대에 수없이 올리고도 연습은 하루도 빠트리지 않았다. 어느 단원은 자신들은 연습 인생이라고 투덜거리며 방을 나갔다.

"그래서 실전에서 그렇게 실수투성이냐!"

삼촌이 그의 뒤통수에 대고 버럭 소리치자, 다른 단원들도 눈치 보며 슬금슬금 빠져나갔다.

연습 인생? 그래, 인생에도 연습이라는 게 있었으면 좋겠네. 한번 해 보고 이 거 재미없어요. 다른 인생 주세요, 라고 신에게 주문해 보는 거, 그것도 나쁠 것 같지 않네. 아님 리모델링할 수 있는 기회라도 주든가. 그런 기회가 주어지 면 난 제일 먼저 신이 나에게 준 특별한 선물부터 소멸시켜 달라고 할 거야. 참, 선물이 아니라 괴물이지. 상대방의 허락 없이 그의 속을 들여다볼 수 있는 건 천형이라 말했던가. 남의 마음 맘대로 훔쳐보는 건 정말 진저리 쳐지도록 싫어. 그래서 상대방의 눈동자와 마주치려 하지 않는 거야. 그래서 딴 곳으로 시선을 돌리는 거야. 그래서 말문이 열리지 않는 거야. 입을 열 수 없는 거야.

미로는 밥상, 아니 신문지 위에 김칫국물을 뚝뚝 흘리며 게걸스럽게 밥을 퍼먹었다. 등을 한껏 구부린 채 말이다. 나는 밥상은 없어도 양반 다리로 허리를 꼿꼿하게 펴고 앉아 여유 있게 밥을 먹었다. 어렸을 때 부터 길든 습관이다.

내 어린 시절, 할머니는 밥상머리 앞에서부터 품위를 지켜야 한다며, 수저 드는 각도와 음식을 넣고 오물거리는 것까지 하나하나 일러 주었 다. 밥풀 하나, 국물 한 방울 떨어트리면 안 되는 거였다. 그러면 천박하 다고 했다.

미로는 지금 너무 천박하게 굴었다. 찌개 국물을 떠먹을 땐 후루룩후 루룩 소리가 엄청나게 컸다. 어묵 그릇엔 건더기가 두어 점 붙어 있었는 네, 미로는 버긱비걱 소리를 내며 긁어 먹었다. 할머니가 저 모습을 보았다면 혀를 끌끌 찼을 것이다. 하지만 내 눈에는 그 모습이 밉지 않았다. 천박해 보이지 않았다.

"거듭아, 넌 밥 먹을 때도 시간과 싸우고 있구나. 그렇게 살지 않아도 되는데, 나처럼 시간 따위를 무시하며 살아야 재밌는데."

미로는 나를 따라 밥술을 떠 넣고, 씹을 때 같이 씹고 또 밥술을 떠 넣고, 그러기를 몇 번 따라 하다, 숟가락을 아무렇게나 내려놓고 말았다.

"거듭아, 이건 도 닦는 거보다 더 힘들어. 이건 내 체질이 아니야. 그냥 나처럼 대충 살면 안 되냐? 뭘 그렇게 지키는 게 많냐, 너는?"

나도 그러고 싶다. 나처럼 살기 싫다. 남의 흉내라도 내 봤으면 좋겠다. 미로 너처럼 거칠 것 없이 살아 보고 싶다. 사람 무서워하지 않고 어우렁더우렁 들이대며 살고 싶다. 상대방 눈 마주치며 마냥 떠들고 수선스레 놀고 싶다. 미로와 둘만이라도. 너랑? 미로랑? 참 알 수 없는 묘한 기분이다. 생전 처음 느껴 보는 감정이라 머리가 어지럽긴 하다. 그때 삼촌이 방으로 들어왔다.

"오늘은 마지막 무대니까 너희도 객석에 앉아 있어야 된다. 미로 별일 없지?"

분장실에서 단원들에게 이것저것 참견하랴, 매표구 신경 쓰랴. 참 분주한 삼촌이다.

"삼촌이 필요 없다 하면 갈 것이고, 남으라면 남을 것이고."

"짜식, 난 빙빙 돌리는 거 싫다. 직설법이 좋아. 오늘은 우리와 함께 있고 싶다는 얘기잖아. 거듭이 옆에 앉아 바람 좀 잡아 줘라. 졸지 말고.

박수도 크게, 세게 치고 인마."

"넵, 단장님. 임무 완수하겠습니다."

미로가 설거지를 하고, 내가 신문지 따위를 치웠다. 걸레질을 마치고, 무릎 담요를 가져다 내 방에 깔았다. 그 위에 잘 접힌 달팽이 침낭을 얹어 놓았다. 남아 있는 온기가 식으면 밤에 잘 때 으스스해서다.

"거듭아, 나 이쁘지, 그치? 알아들었으면 표현을 해야 할 거 아냐, 표현을. 에효, 그만두자. 삼촌이 보면 나 쫓겨날라."

미로는 입술을 내 쪽으로 쭉 내밀다가 그만두었다. 설거지를 끝낸 미로는 전화기를 꺼내 들었다.

"언니, 당분간 언니한테 전화 안 할게. 혹시 모르잖아. 위치 추적해서 날 찾아낼지. 불여우네 그치들 아직도 우리 집 점령하고 있는 거야? 암튼 내 방은 절대 열어 주지 마, 알았지? 엄마 유품들 만지면 죽을 줄 알라고 말해, 알았지? 언니, 사랑해."

미로가 심각한 표정을 지었다. 나도 덩달아 심각해진다. 누굴 사랑한다는 거야? 언니를?

"우리 집에서 일하는 언니야. 나 태어나기 전부터 우리 집에 있었어. 우리 집에선 그 언니만 내 편이거든. 나중에 내가 우리 집 재산 상속받게 되면 반은 그 언니에게 뚝 떼어 줄 거야. 에잇, 그치들 땜에 기분 잡쳤네."

미로 목덜미에 지렁이 같은 핏대가 서너 가닥 섰다. 몹시 화났다는 증거다. 화가 풀리지 않는지 전화기를 아무렇게나 집어던졌다. 전화기 온

전하려나. 거듭이는 전화기에 눈길을 두었다.

나는 잠시 생각에 잠겼다. 미로와 눈을 마주칠까? 그러면 저 애의 마음을 들여다볼 수 있는데. 하지만 나는 곧 생각을 바꿨다. 그러고 싶지 않았다. 지난번처럼 눈을 마주쳤다가 얼마나 후회했던지. 미로는 연신 죽고 싶다, 이대로 콱 죽어 버리고 싶다, 그렇게 외치고 있었다. 하필 그 순간 눈을 마주칠 게 뭐람. 사실 지금까지도 미로가 그러고 있을까 봐 늘 걱정이 된다. 행여 오늘도 그런 생각으로 가득 들어차 있으면 마지막 '찰떡' 공연을 재미없게 볼 것 같았다. 연극이 끝나면 관람객에게 찰떡 한 개씩을 나눠 줄 예정이다. 내가 초상화를 그려 모은 돈으로 찹쌀떡을 주문해 두었다.

"거듭아, 괜찮아. 저 전화기 하도 많이 썼더니 기능이 마비됐어야. 얼른 부서져라 고사 지내는 중이야."

나는 그제야 안심을 했다. 그래서 나는 내던져진 전화기를 집어 들었다.

"거듭아, 너 그 전화 갖고 싶니?"

나는 전화기에서 시선을 떼고 미로 가슴 쪽으로 시선을 돌렸다.

"그래, 그럼 너 가져. 어차피 전화 정지시킬 거야. 이젠 그것도 다 귀찮다."

정말 그럴 셈인가 보다. 은근히 겁도 났다. 이 전화기를 내가 지니고 있을 때 얻을 수 있는 게 무엇일까. 나와 거리낌 없이 대화를 나누고 있는 사물은 달팽이 침낭인데, 대화 상대가 더 늘면 행복일까? 또 다른 형벌일까? 자꾸 망설여졌다.

　미로는 전화기가 없으면 큰일 날 것처럼 굴었다. 미로를 처음 봤을 때부터 언제나 늘 손에 전화기가 들려 있었다. 그래서 나 자신이 미로 전화기가 되었으면 좋겠다는 생각도 잠시 했었다. 그런데 화풀이로 냅다 던져 버릴 수 있는 물건이었다니, 절대로 전화기 따위가 되어서는 안 되겠다는 생각도 들었다. 화풀이 대상이 되거나 쓸모없어졌다고 거침없이 버려진다면 그건 정말 슬픈 일이다. '버리다', 찾지 않을 요량으로 내던지거나 쏟다.

　단 일 초만이라도 미로 눈과 마주쳐 볼까 하려다 그만두었다. 무슨 마음으로 전화기를 내 손에 쥐어 준다는 것인지 그 저의가 궁금했지만, 그래서는 안 될 것 같았다. 눈을 마주치는 순간, 그 무엇을 알게 될까 봐 그게 두려웠다. 전화기를 슬그머니 바닥에 내려놓았다. 무엇에 더 이상 집착하기가 싫었다. 달팽이 침낭으로 충분하다.

　'미로 마음 들여다볼까?'

　간절해졌다. 간절? 이게 뭐지? 어릴 때 엄마 사랑을 간절히 기다렸다. 아빠 손길을 간절히 기다렸던 기억이 떠오른다. 오래전에 지웠는데, 갑자기 그딴 기억이 되살아나는 게 불쾌하다. 그 간절함이 지나치면 나는 응급실로 실려 가곤 했다.

　지금 미로 눈과 마주하고 싶은 건 왜일까. 눈 마주치는 순간, 어떤 상황이 벌어질까. 미로도 진실과 거짓이 한데 뒤엉켜 있을까? 사랑과 미움을 같이 껴안고 싶아길까. 미로를 알고 싶다. 미로를 안고 싶다.

거듭이

　내 이름은 거듭이다. 내가 엄마 배 속에 있을 때, 할아버지가 지어 준 이름이다. 나거듭, 험난한 세상을 살아 내려면 매번 거듭나야 한다는 뜻으로 지어 준 이름이다.

　나 때문에 온 식구들이 즐거움 속에서 살았다. 잠깐이었지만.

　할아버지와 눈이 마주쳤을 때, 나는 정말 행복했다. 나 때문에 할아버지의 마음이 기쁨으로 충만해 있었다. 긴 세월 살면서 이렇게 좋은 날, 별로 없었다며 입을 다물 줄 몰랐다. 병이 점점 깊어지는 할머니는 방실방실 웃는 나를 보면, 이제 죽어도 여한이 없다고 하셨다.

　물론 엄마 아빠도 마찬가지였다. 아빠는 요런 놈이 어찌 우리 자식으로 태어났을꼬, 라며 엄마를 대견하게 바라보곤 했다. 엄마도 나를 품에서 놓지를 못했다. 나는 우리 집의 보배요, 우리 집의 복덩이요. 하늘에서 준 특별한 선물이라고 했다. 그 행복이 내 눈에 다 보였다.

　아, 그런데 내가 첫돌 맞을 무렵, 신의 그 특별한 선물이 형벌로 바뀌는 사건이 생겼다.

　그날은 온종일 병원에서 여러 가지 검사를 받았다. 자폐아라는 진단

이 내려졌다.

"선생님, 이 애가 장차 어떻게 될까요? 제발 무사해야 할 텐데, 둘도 없는 내 아들이잖아요, 의사 선생님."

엄마는 의사한테 애원하고 있었다. 목소리가 떨렸다.

"거듭이 어머님, 아들 사랑이 참 대단하십니다. 그 사랑으로 키우시면 거듭인 아주 잘 자랄 겁니다. 문제없겠어요."

"고맙습니다, 선생님. 앞으로 어떤 치료를 해야 하나요?"

"최선을 다해 여러모로 치료해야지요. 언어 치료도 하고, 놀이 치료도 하고, 심리 치료도 해서 거듭이가 세상살이에 적응할 수 있도록 다같이 노력해야지요."

"선생님, 제가 전생에 죄를 많이 지었나 봐요. 우리 거듭이한테 그저 미안할 뿐이네요."

"거듭이 어머님, 자책하지 마세요. 부모가 잘못해서 이렇게 된 건 아닙니다. 원인도 밝혀낸 건 없고요. 남은 건 거듭이가 잘 커 나갈 수 있게 노력하는 일밖에 없습니다."

그 말에 엄마는 아주 긴 한숨을 토해냈다.

집 안 분위기가 어둡게 변해갔다. 초상집처럼 칙칙했다.

엄마는 퇴근해 와서도 내 방에 잘 들어오지 않았다. 가끔 방문만 빼꼼히 열고 '우리 거듭이 자네.' 하고 그냥 가 버렸다. 아빠도 매일 늦게 내 방엔 들어오지도 않고 잠만 자고 나갔다. 엄마와 아빠는 방도 각각 쓰면서 식사도 따로따로 했다. 그나마 할아버지 할머니가 내 곁을 지켜

주었다. 두 분이 두런두런, 내 귀에 들리지 않게 작은 소리로 얘기를 나
눴다. 두 분의 말소리가 자장가처럼 들려 그나마 견딜 수 있었다.

　그날은 휴일이라 엄마가 출근하지 않았다. 아빠는 아예 볼 수가 없었
다. 며칠째 아빠가 들어오지 않는다며 불만을 터트렸다. 할머니에겐 따
지듯이 이것저것 물었다.
　"어머니, 거듭이 옹알이는 하나요? 울긴 하느냐고요?"
　"어미야, 무슨 소릴 하는 게야. 우리 거듭이 울기도 하고 떼를 쓰기도
하고, 웃기도 하고 그래. 애들 하는 짓 다 하며 자라고 있으니 걱정 말거
라."
　"돌 지난 애들 보면 엄마 아빠 부르면서 까르르 잘도 웃던데, 저 앤 도
무지 뭐가 되려는지 걱정이에요. 지옥이 따로 없다고요."
　그날, 엄마는 흐트러진 내 머리카락을 가지런히 쓸어 주었다. 나는 눈
을 감고 엄마의 체취를 맡았다. 오랜만에 맡아 보는 엄마 냄새였다. 엄
마, 나 좀 안아 줘. 엄마 자장가도 불러 주고. 그러면서 나는 무심코 눈
을 떴다. 엄마 눈과 마주쳤다. 그 순간, 나는 진저리치며 놀라고 말았다.
엄마의 눈과 내 눈이 마주치는 순간, 엄마 마음을 훤히 읽을 수 있었다.
　'거듭아, 이러려고 태어난 거야? 이건 완전 반칙이야. 차라리 죽는 게
낫잖아.'
　그땐 죽음의 의미를 미처 깨닫지 못했다. 하지만 그다음 엄마 마음을

읽고는 무슨 의미인지 곧 알아차렸다. 널 죽이고 싶어. 널 죽이고 싶어. 엄마는 표정 하나 바꾸지 않고 그렇게 외치고 있었다. 너무 무서워 눈을 감아 버렸다. 나는 발버둥을 쳤다. 소리를 쳤다. 하지만 그 외침이 안으로, 안으로 고였다.

깨어보니 응급실이었다. 경기를 한 것이다.

"어머니, 우리 거듭이 돌봐 줄 사람 하나 구할까요?"

어두운 목소리, 절망 섞인 목소리, 그 목소리가 내 귀에 들리지 않도록 꼼지락거렸다. 최대한으로 몸을 뒤척였다.

"어미야, 우리 아직 죽을 때 되지 않았어. 나도 그만그만해졌고 저 양반도 그렇고. 우리 거듭이, 우리 둘이서 거뜬히 볼 수 있어. 집안 살림하는 사람 하나면 됐지 뭘 더 바라? 니들은 거듭이 걱정하지 말고 바깥생활이나 잘하거라."

"이런 상황에서 생활을 제대로 꾸려갈 수 있느냐고요, 거듭이 아빠는 아예 코빼기도 안 보이잖아요."

할머니가 내 귀를 두 손으로 가만히 막아 주었다. 혹시 할머니가 내 맘을 헤아리는 것일까.

"어쨌든 어머님 아버님만 믿어요. 난 자신 없어요. 하는 일도 지금 너무 힘들어 까무러치겠다고요. 거듭아, 내가 종종 들리겠지만, 보이지 않더라도 할머니 할아버지 말 잘 들어라, 알겠지?"

엄마 목소리가 한결 부드러워졌다. 눈물이 찔끔 나왔다. 그쯤에서 나는 청각에 차단기를 달았다. 그다음 무슨 말이 들릴지 겁이 났다. 저 소리 듣기 싫다, 주문을 하니 금세 아무 소리도 들리지 않았다.

문제는 거기서 끝나지 않았다. 저녁에 아빠가 오랜만에 내 방으로 들어왔다. 나는 닫혔던 차단기를 열었다.

"우리 거듭이 많이 컸네. 그렇지요, 어머니?"

"그럼, 우리 거듭이 아무 문제없이 잘 자라고 있지. 애비 너도 염려 말고 하는 일이나 신경 쓰거라."

"그럼요, 어머니. 그래야지요. 뭐 큰 문제가 있겠어요. 그렇지, 거듭아? 이 아빠가 너를 지켜 줄게."

아빠의 자신만만한 목소리가 방 안 가득 퍼졌다. 그따위 병이 뭐가 문제야? 내 귀엔 그렇게 들렸다. 우리 집의 보배는 거듭이 하나밖에 없어. 그렇게 외치고 있었다. 그래서 나는 슬며시 아빠에게로 시선을 돌렸다. 두 눈이 마주쳤다. 그때도 나는 경기를 하고 말았다. 너무 무서워서 감당할 수가 없었다.

'거듭아, 왜 하필 우리 집이니? 이건 아니잖아. 그러니까 내가 이 집구석에 들어오고 싶지 않단 말이야.'

아빠가 나를 무섭게 노려보았다. 엄마보다 분노가 더 심했다. 그 순간 깊은 블랙홀로 떨어지는 느낌이었다. 급기야 내가 또 응급실에 실려 가는 소동이 벌어졌고, 의사는 이런 일이 종종 생기면 위험에 빠질 수 있다는 주의를 줬다. 특히 경기가 날 때는 항상 입안에 수건 따위를 물려 주라고 했다. 잘못하면 혀가 잘릴 수 있다는 것이었다.

그 뒤에도, 나는 서너 번 정도 응급실로 실려 갔었다. 무심코 엄마 눈,

아빠 눈과 마주치는 순간, 눈이 뒤집히고 온몸에 심한 경련이 일었다. 아마 그랬을 것이다. 시간이 지나면 엄마 아빠가 나에게로 향하는 마음이 달라져 있을 테지, 하는 간절한 바람 말이다. 그 바람이 나도 모르게 그들의 눈과 마주했는지도 모를 일이다. 하지만 여전히 그들은 절망에 빠져 있었다. 그 후로는 나는 절대 그들을 바라보지 않았다. 그들이 내쉬는 숨소리도 듣기 싫었다. 냄새도 싫었다. 오감을 자극하는 그들의 몸짓을 모두 차단했다.

그때부터였다. 나는 남의 눈과 절대 마주치지 않았다. 상대방과 똑바로 마주하지 않았다. 언제나 내 시선은 상대방의 하체로 향해 있었다. 아니면 아예 다른 곳에 시선이 고정되어 있거나. 상대방의 의도와 상관없이, 내 의도와는 상관없이 무방비 상태로 남의 마음을 읽는다는 건 너무 잔인한 짓이다. 아니 알아서도 안 되는 거였다.

나는 말을 더디 배웠지만, 처음부터 말문을 닫은 것은 아니다. 서너 살 때, 더듬더듬 어눌하긴 했지만, 할머니와 할아버지가 반복해서 말을 가르쳤다. 한 단어를 알아차리는 데 며칠 걸렸지만, 두 분은 실망하지 않고 한 단어에 희망을 걸었다. 하지만 엄마 아빠 앞에서는 절대 입을 떼지 않았다. 그러니까 내가 말을 할 줄 안다는 사실을 부부는 절대 믿지 않았다.

"우리 거듭이 말도 하고 재롱도 부리고 우리에겐 충분한 애정 표현도 한단다. 다른 애들과 다르지 않아."

할머니가 대견한 듯 엄마에게 그렇게 얘길 하면 단박에 말꼬리를 잡았다.

"난 기대 안 해요, 어머니. 아무리 그렇게 말씀하셔도 난 설득당하지 않아요."

"자식 놔두고 그렇게 흥정하듯 하면 못써. 어미가 돼서 그게 할 소리냐? 너희는 하늘이 무섭지 않니? 아무리 그래도 너희가 탄생시킨 생명이야. 지금 니들의 매정한 행동들 거듭이가 모를 줄 아니?"

다 알고도 남았다. 하지만 괜찮았다. 나는 애초에 그렇게 생겨 먹었으니까. 내 안에 괴물이 산다는 걸 인정하면 힘들지 않았다. 엄마 아빠도 자기 아들이 자폐아로 태어났다는 걸 인정하면 자기 머리카락을 뜯어가며 자학하지 않을 것이다. 내가 괴물처럼 보이진 않았을 것이다. 내가 천형을 안고 태어났다는 걸 알면 어떤 반응을 보일지, 눈을 마주쳐 당신들의 사악한 마음을 읽어 낸다는 사실을 안다면 얼마나 경악할까.

'제발, 제발 내 앞에 나타나지 말아요. 근처에도 오지 말라고요!'

오감을 차단하는 데도 많은 힘이 필요했다. 많은 에너지가 소모되었다. 그래서 저들이 나타나는 동시에 눈은 저절로 감기지만, 귀도 막아야 하고, 냄새도 차단해야 하고, 기능을 마비시키려니 온몸에서 에너지가 빠져나갔다. 그럴 때마다 나는 파김치가 되어 응급실로 실려 가고. 하지만 그것도 학습이 되었다. 몇 번 하다 보니 요령이 생겼다.

그런 것만 아니면 그럭저럭 지낼 만했다. 나 때문에 진심으로 울고, 웃는 할머니, 할아버지가 있으니 그것으로 만족이었다. 나를 절대 미워하지 않는 두 사람. 세상에 나를 사랑하는 사람을 한 사람도 아니고 두 사람이나 됐다는 사실에, 안도의 한숨을 쉴 수 있었다. 얼마든지 눈을 마주쳐도 무섭지 않았다. 두려움에 떨지 않아도 되었다. 얼마나 다행한 일인가. 나에게 피난처를 주었으니, 그 부분만큼은 신에게 감사라도 해야 할 것 같았다.

  하지만 나는 곧 말문을 닫아야 했다. 엄마가 무섭다고, 아빠가 나를 죽일 것 같다고 얘기했다가 할머니한테 엄청나게 혼이 났다. 그때 할머니까지 잃을까 봐 나는 얼른 고개를 숙였다. 혹시 할머니도 엄마나 아빠처럼 나를 미워할까 봐 두려웠다. 그래서 나는 일절 말을 하지 않게 되었다.
  걸음마가 시작되었을 무렵인가 보다.
  내가 문턱을 넘을 때마다 아주 거대한 공포감을 맛보아야 했던 시기 말이다.
  "거듭아, 엄마 방에 가 보렴. 어서! 가서 엄마 볼에 뽀뽀해 주고 와."
  어쩐 일인지 할머니는 자주자주 나를 엄마 방으로 들이밀었다. 그럴 때마다 가슴이 터질 것 같은 통증을 느꼈다. 공포감이 온몸을 휘감았다. 그 문턱이 내겐 하늘만큼이나 높았다. 그래서 문지방을 넘지 않으려고 문틀을 잡고는 안간힘을 썼다. 문턱을 넘는 순간, 큰 파도가 밀려와 나를 단번에 삼킬 것 같았다. 그 시퍼런 물속에서 물거품이 되어 곧 사그라질 것 같았다. 그래서 그 문턱을 넘기가 겁났다. 넘을 수가 없었다.

그 후로 방과 방, 방과 마루, 마당과 대문, 문턱이란 문턱은 나에겐 거대한 고행으로 다가왔다. 어느 땐 문지방을 잡고 한 시간 넘게 실랑이를 벌이기도 했다. 한 발짝만 떼면 되는데 그게 잘 안 되었다. 발바닥이 땅에 착 달라붙어 떨어지지 않았다. 천국에서 지옥으로 떨어지는 문턱이 이리 두려울까.

"거듭아, 왜 그래? 이런 버릇이 언제 생긴 게야, 응?"

할머니 시름은 점점 더 깊어 갔다.

그래서일까. 할머니의 한숨 소리도 오래가지 못했다. 내가 6살 때, 할머니가 돌아가셨다. 얼마 못 가 할아버지마저 할머니를 따라가셨다. 할머니는 이미 그걸 아셨던 모양이다. 그래서 나를 엄마 방으로 몰아넣으려 애썼던 것 아닐까.

나는 정말 무서웠다. 아무도 돌보는 이 없는 빈방에 늘 혼자 남아 있어야 했다. 일주일에 한두 번 정도 엄마는 내 방문 고리를 잡았다. 그 방문 고리를 놓지도 않고, 얼굴만 삐죽 내밀었다가 그대로 방문을 꽝 닫아 버리곤 했다. 내가 죽어 있기를 바라듯이, 멀쩡히 살아 있으니 심사가 뒤틀린다는 모양새로.

드문드문 얼굴을 내밀던 아버지는 할아버지 장례식을 끝으로 아예 집을 나가 버렸다. 버림받는 일이 참 쉬웠다.

차라리 집을 나가 버린 아버지가 더 낫지 않을까. 가끔 들어와 나를 빤히 들여다보면서 아직도 숨을 쉬고 있네, 하는 표정으로 눈총을 쏘아대는 엄마를 맞이할 때면 정말 죽고 싶었다. 저들의 바람대로 죽어 줘야지. 그런데 어떻게 죽어야 하는지 방법을 몰랐다. 나는 삶을 알기 전에 죽음을 먼저 배워야 했다. 저들의 바람대로 죽어야 하는데 그 방법을 알지 못했다. 할머니한테 물어볼 걸 그랬다. 아니 할머니 할아버지가 어떻게 죽었는지, 죽음에 이르는 길을 살폈어야 했다. 삶과 죽음이 숨 하나에 달려 있다는 사실을 탄생과 함께 알았어야 했다.

마당으로 나가려 해도 문턱을 넘기 힘들어 그냥 집안에서만 왔다 갔다 했다. 핏기 하나 없이 방안에 갇혀 지내는 내가 불쌍했던지, 집안일 도와주는 아주머니가 친절하게 돌봐 주었다. 일하다 짬 나면 책도 읽어 주고, 두런두런 얘기도 해 주었다. 대개 할아버지 할머니에 관한 얘기였다. 그 얘기라면 듣고 또 들어도 질리지 않았다. 내가 태어나기 전부터 집안일을 맡아 준 아주머니는 나보다 우리 집안 사정을 더 많이 알았다. 내 마음을 알아차렸는지 엄마 아빠 얘기는 꺼내지 않았다. 함께 공유한 시간이 많은 만큼 할아버지 할머니와 공유한 시간도 길었다.

그때부터 저절로 글을 알게 되었다. 귀에 들리는 모든 단어 하나하나가 문자화되어 뇌에 입력되었다. 책 읽는 시간이 점점 길어졌다. 아주머니는 내 책장 넘기는 속도를 보고 고개를 갸웃거렸다. 진짜 읽고 넘어가는 거야, 아니면 그냥 눈도장만 찍는 거야? 그럼에도 서재를 들락거리며 내가 읽을 만한 책들을 부지런히 날랐다. 또래들이 읽을 만한 책을 선별했다지만, 때론 이해하기 어려운 책을 들이밀기도 했다. 그래도 문자를 읽어 내려갔다. 무슨 뜻인지는 이해할 수 없었다.

한글 사전을 다 외워 버릴 정도로 자주 들여다봤다. 그제야 단어의 뜻이 뇌에 입력되었다. 그렇다고 독해가 다 되는 건 아니었다. 다만 상대방이 나를 겨냥해 말을 할 때는 몸이 먼저 반응했다. 좋다 싫다 밉다 잘생겼다 천치 바보다 따위의 감정 단어를 들으면 저절로 그 단어가 가지고 있는 성질을 그대로 느낄 수 있었다. 거기에 물음표를 달지 않았다. 모든 게 신의 섭리고, 세상이 그렇게 생겨먹었으니까.

책 읽다 지쳐 우두커니 앉아 있으면, 아주머니가 내 손을 잡고 밖으로 나갔다. 문턱을 넘기 힘들어 때론 포기하고 말지만, 그래도 아주머니는 기다리는 일도 자기 일인 양, 기다려 줬다. 공원에도 데리고 나가고 시장에도 데리고 다녔다. 턱이 없는 곳으로 골라 다녔다. 그나마 다행이었다. 아주머니를 경계하지 않게 되어서, 아주머니를 의지할 수 있어서.

사건은 어느 날 느닷없이 생겼다. 그날도 나와 아주머니는 동네 근린 공원으로 향하고 있었다.

"그 왜 있잖아, 내가 순한 양이라고 부르는 그 아이. 정말 착하기두 하지. 문턱 넘는 것 말고는 반항 한번 안 해. 그렇다고 뭘 요구하는 것도 없어. 그냥 옆에만 있어 주면 되는 거야. 한 마디로 백치지 뭐. 자기 부모도 그 애한테 별 관심 없어 불쌍하긴 해. 온종일 책 보는 일, 빈 허공만 쳐다보는 일밖에 없어. 그래, 그렇다니까. 일자리 하나는 참 잘 정했지. 나가랄 때까지 눌러앉아 있을 거야."

순한 양? 백치? 아주머니의 통화는 끝없이 이어졌다.

"얘가 뭐라는 줄 아니? 나중에 장가들면 나처럼 이쁜 색시 얻고 싶단다. 이쁜 건 알아가지고. 뭐라구? 순한 양이 말문이 터졌느냐고? 말은 무슨 말을 해. 그냥 이 애의 눈빛을 보니 그렇겠거니 하는 거지. 내 상상일 뿐이여."

그 얘기의 진실은 바로 이거였다. 아주머니는 얼굴보다 손이 참 예뻤다. 크지도 작지도 않은 오동통한 손, 그래서 나는 아주머니 옆에 있으면 언제나 손에 시선을 두었다. 그걸 두고 아주머니가 그렇게 느낀 모양이었다.

그래도 두렵진 않았다. 적어도 거짓은 아니니까. 아주머니는 나를 해칠 사람은 아니었다. 나쁜 사람은 아니었다. 그의 진짜 마음을 알고 싶어 그와 눈을 마주쳐 볼까 하다가 그만두었다. 그쯤에서 그치는 게 내 신상에도 좋을 것 같았다. 세상엔 거리를 좁힐 사람과 거리를 두어야 하는 사람이 있다.

나에겐 아직 거리를 좁힐 사람이 나타나지 않았다는 걸 몸이 먼저 직감했다.

시설과 세밀화

일곱 살 때, 나는 장애인 시설로 보내졌다. 달팽이 침낭을 껴안은 채.

엄마는 외국으로 파견을 가 버렸다. 아빠는 그 전부터 집에 들어오지 않았다. 나는 아주머니 손에 이끌려 복지시설로 오게 되었다. '시설', 국민의 사회 복지를 위한 양로원 보육원 등.

"우리 거듭이는요, 시끄러운 곳을 아주 싫어해요. 주위가 어수선한 것도 싫어하고요. 이어폰이나 헤드폰을 사용하게 해 달라고 이 애 부모님께서 꼭 부탁하셨어요. 그리고 이 달팽이 침낭은 절대 누가 건드려선 안 돼요, 원장님. 이 애가 이 침낭을 자기 분신처럼 아끼거든요. 이거 없으면 병원으로 실려 가야 할 거예요. 아 참, 한 가지 더. 우리 거듭이는 문턱 넘기를 싫어해요. 그땐 잠시 기다려 줘야 해요."

"네, 잘 알겠습니다. 아주 순하게 생겼네요. 생기기도 잘생겼고요. 우리 시설엔 다행히 문턱이 없답니다. 휠체어 타는 아이들이 많아서요. 거듭이 부모님께 특별히 잘 돌봐 주겠다고 전해 주세요, 아주머니."

모습은 남자인데, 여자처럼 목소리가 카랑카랑한 원장에게 무심코 눈길을 주었다. 그 순간 나는 기절할 뻔했다.

'여기선 둥글둥글하게 살아가야 한다, 아가야. 까다롭게 굴지 말고.'

나는 움찔 넘어질 뻔했다. 두려움에 몸이 또 먼저 반응한 것이다.

그런 탓인지 아주머니 그늘에서 벗어나고 싶지 않았다.

"거듭아. 아줌마가 자주자주 와서 너랑 놀아줄 테니까, 겁먹지 말고 원장님 말 잘 듣고 잘 지내, 거듭아?"

아주머니가 나를 껴안고 울었다. 우리 거듭이 불쌍해서 어쩌냐며 한참을 그렇게 서성였다. 자기 부모로부터 버림받은 아이, 평생 자폐아로 살 아이를 떼 놓고, 돌아서려니 발길이 떨어지지 않는 모양이었다.

"거듭아, 미안해. 아줌마도 너랑 살고 싶은데 그럴 형편이 되질 않네. 미안해 또 보러 올게."

아주머니는 내 인생이 불쌍하다며 아예 주저앉아 징징징 울었다. 나도 울고 싶었다. 하지만 울어지지 않았다. 예전엔 울기도 했었는데, 우는 것조차 잊어버렸다. 헤어지긴 정말 싫었다. 생판 모르는 사람들과 어우러져 살아야 한다는 사실이 공포로 다가왔다. 그렇지만 난 이미 다 알아 버렸다. 아무리 떼를 써도 소용없다는 것을. 그렇게 아주머니도 떠나갔다. 또 보러 올게. 그 말이 내 뇌리에 박혔다. 엄마한테도 아빠한테도 듣지 못한 말이었다. 또 보러 올게. 나는 알았다는 듯 귓불을 만졌다. 가끔 쓰는 버릇인데, 상대방의 말에 공감이 가면 내 귓불을 만져 알았다는 신호를 보냈다. 물론 그 버릇을 아는 사람은 그리 많지 않았다. 할머니와 아주머니 정도.

원장의 손이 내 어깨에 얹혔을 때, 소름이 돋았다. 손이 무척 차가웠다. 아주 작은 바람이었지만 손이 아주 따뜻한 사람이었으면 하는 기대를 했었다. 아주머니처럼 손이 따뜻하고 예쁜 사람

'어떤 일이 있어도, 무심코라도 남의 눈과 절대 마주치지 말 것.'

그 덕분에 나는 시설에서 9년을 견딜 수 있었다. 사람들하고 소통하지 않아, 아니 소통되지 않아 편하게 살 수 있었다. 다행히 그 보육원엔 문턱이 거의 없었다. 휠체어 타고 다니는 원생들이 많았다. 휠체어에 의지해야만 움직일 수 있는 친구들, 그 누구와도 소통할 수 없는 나, 누가 더 불쌍할까? 주방 아주머니 둘이서 그 내기를 하는 걸 보고 글쎄? 누가 더 불쌍할까? 반문해 보았다. 답은 없었다. 둘 다 불쌍하거나 둘 다 아랑곳하지 않거나.

사실 달팽이 침낭은 아기 포대기다. 여러 마리 달팽이 그림이 그려져 있어, 내가 달팽이 침낭이라고 이름 지었다. 이 세상에 태어나 처음 눈도장을 찍은 그림이기도 했다.

산부인과에서 태어나 며칠 동안 머물다가, 퇴원하는 날 달팽이 침낭을 만났다. 그 속에 폭 싸여 집으로 돌아왔다. 그 이후론 달팽이 침낭 속에서 잠도 자고 달팽이들과 놀기도 했다. 두려움이 몰려올 땐 달팽이 침낭을 꼭 껴안았다. 그러면 마음이 편해지고 시름을 잊을 수 있었다. 무슨 얘기를 해도 다 통했다. 그것만 껴안고 있으면 심심치 않았다. 사는 게 지루하지 않았다. 가끔은 바람과 얘기하고 구름과 얘기하고 꽃들과도 얘기 나누다가 싫증이라도 나면 토끼와 삽살개와 놀았다. 그렇지만 달팽이 침낭과 노는 것만큼 재미있지 않았다. 역시 공유한 시간이 많은 만큼, 그만큼 할 이야기도 많았다.

왜 하필 달팽이 그림의 침낭이었을까. 달팽이처럼 느릿느릿 걸으며 자기만의 동굴 속에서 살라는 뜻이었을까. 여차하면 패각 속에 몸을 말아 넣으라는 의도가 숨어있었을까. 달팽이는 언제나 패각을 짊어지고 산다. 패각을 떼어 내면 죽고 만다. 달팽이에게 패각은 살아가는 원동력이다. 나에게 달팽이 침낭이 바로 그런 존재다.

또 하나의 놀이는 세밀화였다. 그날그날 만났던 상대를 세밀화로 남겼다. 애기똥풀과 얘길 나누면 애기똥풀을 그렸다. 토끼와 나눈 이야기, 삽살개와 나눈 이야기. 그 이야기를 그림으로 남겼다. 그들이 지니고 있는 털끝 하나라도 놓치지 않았다. 그들의 숨소리도 들렸다.

"신동이다, 신동. 사진을 찍어도 이렇게 자세히 나오진 않을 거다. 거듭이는 두 가지 중 하나야. 철저하게 바보거나, 철저하게 천재거나."

'바보', 어리석고 못나게 구는 사람을 얕잡거나 비난하여 이르는 말. '천재', 선천적으로 아주 뛰어난 정신이나 재주를 가진 사람. 시설에 있는 사람들이 그렇게 지껄여도 나는 개의치 않았다. 천재나 바보로 나뉘면 뭐가 달라지는데? 자기들 맘대로 그어 놓은 모호한 경계에 나를 가두었다. 그러거나 말거나. 나와는 상관없는 일이다. 그들이 나를 보면 답답할 테지만, 나는 그들에게 관심조차 없다. 그건 신이 판단할 일이다. 나를 왜 이렇게 만들어 놨는지, 그 이유도 신한테나 물을 일이다.

어쨌거나 나는 그림 그리기를 좋아했고, 매일 시설 뒤편에 있는 동물농장 식구들과도 친하게 지내면서 토끼를 그렸고, 칠면조를 그렸고, 까투리 부부도 그렸다. 그 바람에 까투리 부부하고는 각별한 사이가 되었다.

그날도 나는 물병과 노트를 챙겨 들고, 뒷산에 오를 심산으로 동물농장 옆을 지나갔다. 그때 "꾸엑, 꾸엑" 하는 소리가 들렸다. 새소리가 분명한데 목에 뭔가 걸린 듯한 투박한 소리였다. 소리 나는 쪽으로 고개를 돌렸다. 나뭇가지 위에서 장끼 한 마리가 이 가지 저 가지 다급하게 옮겨 다니며 꾸엑꾸엑 울고 있었다. 평소 익숙했던 새소리가 아니어서 듣기 거북했다. 가던 길을 멈추고 꿩의 행동을 가만 지켜보았다. 장끼는 동물농장 안에 걸린 새장 쪽으로 휙 날아갔다. 그리곤 새장 주위를 빙빙 돌았다. 낮은 천장에 매달려 있긴 했지만, 늘 비어있던 새장이었다. 나는 그쪽으로 발길을 옮겼다. 비어 있다고 생각했던 새장 안에 까투리 한 마리가 앉아 있었다. 내가 다가가자, 장끼는 꾸엑꾸엑하며 부리로 내 머리를 콕콕 찍고는 다시 새장 주위를 맴돌았다. 갇힌 까투리는 일어서지 못하고 눈만 끔뻑끔뻑했다.

"왜, 거듭이 너도 꿩고기 먹고 싶으냐?"

그때 원장이 연고와 모이를 들고 나타났다. 장끼는 놓칠세라 꾸엑꾸엑 소릴 지르며 원장의 얼굴이며 귓불을 부리로 쪼아댔다. 갑자기 당한 꼴이란.

"아앗, 이 새끼가 죽으려고 환장했구나."

들고 있던 연고를 떨어트리며, 두 손으로 얼굴을 가렸다. 장끼는 인정 사정 두지 않고 마구미구 원장 머리를 쪼아댔다. 똑바로 바라보지 않아도 그 모습이 훤히 들여다보였다. 아이쿠아이쿠, 비명을 지르며 원장은 건물 안으로 들어가 버렸다. 그냥 있을 원장이 아니지. 아마 엽총이라도 가지고 나올걸. 그것도 아니면 새장 안의 까투리 새털을 단숨에 뽑아 버리든지.

마음이 급해졌다. 장끼에게 안심하라는 신호를 보낸 뒤, 새장을 열었다. 까투리는 한쪽 다리를 구부린 채 꼼짝하지 못했다. 원장은 꿩 가족이 나들이 나온 걸 보고 단숨에 잡으려다 놓치고, 까투리만 겨우 잡았을 것이다. 그때 다리를 다쳤을 것이고. 까투리를 조심스레 안았다. 연고를 챙겨 부리나케 산길로 도망갔다. 장끼가 길을 안내했다.

"뭐야, 이놈의 새끼들이 도망갔다 그 말이지?"

씩씩거리는 원장 목소리가 산골짜기를 가득 채웠다. 고깟 새를 상대로 분노를 품는 사람, 자연이 자기 소유라고 착각하며 사는 어리석은 사람. 하늘의 뜻을 거스르지 않는 산과 나무들 사이에 살다 보면, 산도 닮고 나무도 닮을 만한데 원장은 여전히 욕심을 덜어내지 못했다.

그러거나 말거나 나무 둥치에 숨어 달팽이 침낭을 깔았다. 그 위에 까투리를 뉘어 놓고 한쪽 다리에 연고를 듬뿍 발라 주었다. 작은 나뭇가지로 깁스를 해 주었다. 까투리도 침낭 위에서 지극히 편한 모습이었다.

장끼는 그 틈을 타, 세 마리의 꺼병이들을 몰고 와 치료를 마칠 때까지 기다려 주었다.

'자, 됐어. 너무 무리하지 말고 너의 둥지로 돌아가. 가서 이 근처엔 얼씬도 하지 마. 원장이 너를 이용해 너희 식구들 몽땅 잡으려 했던 거야.'

'고마워. 고마워. 먹이 찾으러 나간 사이에 당한 거야.'

장끼는 까투리 아내를 바라보며 울먹였다. 까투리도 눈물까지 흘리며 정말 고맙다며 장끼 등을 타고 숲으로 들어갔다.

까투리네 식구들이 산속으로 서서히 사라질 때까지 지켜보았다. 꿩 식구들의 가족애가 한동안 내 마음을 훈훈하게 만들었다. 저들이 부러웠다. 가족애라는 걸 저들을 통해 처음으로 느껴보았다. 원장한테 야단맞을 일이 걱정되지 않았다. 대포처럼 쏘아댈 잔소리 따윈 얼마든지 무시할 수 있다.

산에 오를 계획을 포기하고 그 자리에 앉아 까투리 가족들을 그렸다. 장끼의 부성애, 절뚝거리며 애잔한 눈빛을 남긴 까투리, 놀란 가슴을 쓸어내리는 꺼병이들, 내 입이 배시시 벌어졌다.

그 뒤로 산에 오를라치면 까투리 가족이 먼저 마중 나와 길을 안내했다.

시설을 나올 때도, 나는 달팽이 침낭과 세밀화 노트만 달랑 들고나왔다. 다 큰 총각이 낡아빠진 침낭을 왜 버리지 못하느냐고 주방 아줌마가 새 담요를 쥐여 주었건만, 나는 거들떠보지도 않았다. 그만 버리자고 나를 설득하려던 삼촌도 결국 내 달팽이 침낭만큼은 건드리지 못했다. 달팽이 모양이 희미하게 남아 있지만, 내 눈에는 그 무늬들이 선명하게 보인다. 침낭이 낡을수록 나는 이 침낭에 대한 애착이 강해졌다. 그랬으니 그 침낭을 두고 더럽다느니, 낡았다느니, 아예 버리라느니 하는 소리 들으면 그 사람이 무조건 싫어졌다. '싫다', 마음에 없거나 하고 싶은 마음이 없다.

찰떡과 생명

"거듭아. 오늘은 '찰떡' 커튼콜 보고, 내일 시장에 가서 그 달팽이 침낭과 똑같은 거 하나 살까? 이거 너무 작아서 우리 둘이 덮을 수가 없잖아. 좀 큰 침낭 구해서 너랑 둘이서 그 속에 들어가 쉬고 싶어."

밥상을 다 치우고 나서, 느닷없이 미로가 달팽이 침낭에 관심을 보였다.

나는 어쩐 일인지 그게 싫지 않았다. 또 다른 달팽이 침낭 하나 사서 그걸 둘이서 두르자는 미로 말이 나쁘지 않게 들렸다. 오히려 기분이 좋았다. 그 탓에 하마터면 미로 눈과 마주칠 뻔했다. 그 유혹을 떨쳐 버리려고 미로 배 위에 달팽이 침낭을 덮어 주었다. 좀 쉬라는 신호이기도 했다. 처음으로 내 침낭이 남의 손에 넘어가는 순간이다. 갈등 없이 흔쾌히, 미로가 원하는 것도 아닌데 덥석 침낭을 넘겨주다니, 나도 나에게 깜짝 놀랐다. 내가 그럴 수 있는 사람이라는 게 도무지 믿어지지 않았다. 내가 나를 모르는 나.

아뿔싸! 미로 배를 덮고 있는 침낭에 시선을 두는 순간, 나는 또 한 번 놀라지 않을 수 없었다. 미로 배 속에서 생명이 꿈틀대고 있었다. 상대방 눈과 마주치는 순간 실오라기 하나 걸치지 않은 마음을 고스란히 봐야 하는 것만으로도 천형인데, 달팽이 침낭을 통한 투시 현상까지 받아들여야 한다니, 무슨 조화인지 가늠하기 힘들었다.

미로는 그 사이에 내가 깔아 놓은 담요 위에 쓰러져 그대로 잠이 들었다. 하루가 고단했던 탓이다. 나는 달팽이 침낭을 꼭꼭 여며 주었다. 배 속의 아기도 잠이 들었다. 나는 침낭 위에 귀를 살짝 대 보았다. 아기 심장 소리가 힘차게 울렸다. 눈물이 찔끔 나왔다. 살고 싶어요, 살고 싶어요, 라는 소리가 내 귀에 들렸다. 분명히 배 속의 아기가 그렇게 소리치고 있었다. 나는 시험 삼아 달팽이 침낭을 미로에게서 걷어내 보았다. 아무것도 보이지 않았다. 그래서 다시 침낭을 미로 배 위에 얹어 보았다. 웅크리고 있는 아기가 보였다.

'아, 달팽이 침낭 속에도 혼이 들어가 있었구나. 달팽이 침낭에도 괴물 하나가 들어가 있었구나.'

오로지 내 품 안에 있어 그걸 몰랐다. 나하고만 소통하는 줄 알았다.

'아, 그래서 달팽이 침낭을 버릴 수가 없었구나. 그래서 그렇게 애착이 갔구나.'

나는 달팽이 침낭을 가슴에 품었다. 한동안 그렇게 있었다. 침낭이 갑갑하다 말하는 것 같아, 도로 미로 배 위에 살짝 얹어 주었다.

갑자기 심장이 터질 것 같았다. 짧은 순간에 환희와 두려움이 한꺼번에 밀려왔다. 달팽이 침낭과 그걸 두르고 고운 잠에 빠져 있는 미로가 여느 날보다 더 귀하게 내 곁으로 다가왔다. 저 둘을 누가 훔쳐 가면 어쩌지, 하는 조바심이 생겼다. 이대로 내 곁에 있어 주기만을 간절히 빌었다. 내 사람 하나만 남겨 달라고.

나는 기어코 실눈을 뜨고 잠든 미로 눈을 바라보았다. 그런데 미로는 자기 배 속에 아기가 자라고 있는 줄도 모르고 있었다.

그걸 보고 있노라니 세포 하나하나가 자꾸 커지는 느낌이었다. 목을 타고 뜨거운 무언가가 쏟아질 것 같았다. 급기야 울음이 터지고 말았다. 나는 두 다리를 뻗고 꺼억꺼억 울었다. 삼촌이 뛰어오고 미로가 놀라 벌떡 일어났다. 울음을 그치려 해도 내 마음대로 조절이 되지 않았다.

"뭔 일인지 모르겠네. 미로야, 네가 거듭이 울렸니?"

삼촌이 달려왔다.

"내가요? 나는 그냥 가만히 눈 감고 있었는데, 뭔 일인지 나도 모르겠네."

어쩔 줄 모르는 두 사람을 보자, 나는 빨리 울음을 그쳐야겠다고 생각했다. 하지만 내 의지와는 다르게 더 크게 더 서럽게 울어 젖혔다.

"나 원 참, 진짜 우는 거야? 거듭이가 울 줄도 알다니."

삼촌은 안절부절못하며 내 등을 두드렸다. 괜찮다고 했다. 모든 게 잘될 거라고 중얼거렸다.

나도 그렇게 생각했어. 미로 배 속에 있는 아이는 내가 지킬 거다, 그 누구도 건드려선 안 된다, 그러는 순간 울음보가 터진 거야. 그동안은 울고 싶어도 울지 못했거든. 어떻게 우는지 방법을 몰라 울 수가 없었지. 내가 소리 내어 울고 있다는 게 스스로도 대견했어. 그래서 아주 세게, 아주 크게 울었어. 이 울음이 한 번으로 그칠까 봐. 그게 겁나서 울음을 그칠 수가 없었어. 울음소리가 이렇게 우렁찰 수가 있다니, 정말 신기한 일이었어. 자주 울어야겠다는 생각이 들었어. 이제 울음으로 소통하리라. 적어도 미로하고는.

미로가 나를 껴안았다. 나는 미로 가슴에 얼굴을 묻고 한참을 더 울었다. 옆에 있던 단원들이 그냥 그 자리에서 서성댔다.

"거듭아. 괜찮아, 괜찮아, 내가 널 지켜 줄게."

미로 말이 기적으로 다가왔다. '기적', 상식을 벗어난 기이하고 신비한 일. 그건 기적이었다. 기운이 다 빠졌을 때에야, 나는 흐느끼며 밖으로 나가 수도꼭지를 틀었다. 그리고 머리를 들이밀었다. 아주 시원했다. 통쾌했다. 이제 주저하지 않고 미로에게 다가갈 용기가 생겼다. 손도 잡을 수 있고 입술도 마주칠 수 있을 것 같았다. 그런 행위들은 나와 상관없는 일들로 치부해 버렸는데, 그게 아니었다. 그제야 눈물이 멈췄다.

마지막 '찰떡' 공연은 그야말로 장사진을 이루었다. 기업으로부터 초청 공연도 들어왔다. 근사한 공연장을 갖춘 기업이었다. 삼촌은 벌어진 입을 다물 줄 몰랐다.

"기듭아, 살다 보니 이런 일도 다 있다야. 너를 여기로 보낸 네 엄마가 한없이 밀더니 이젠 절이라도 해야 할 판이다야."

처음 듣는 말이다. 엄마가 나를 삼촌에게로 보냈다는 사실 말이다. 내가 머물던 시설은 18세가 되면 떠나야 했다. 그런데 내가 16살이 되었을 때, 느닷없이 삼촌이 나를 데리러 왔다. 삼촌은 가끔 단원들을 이끌고 시설에 와서 연극 공연을 펼치곤 했었다. 그땐 삼촌 이름이 그냥 삼촌인 줄 알았다. 원생들은 삼촌을 보면 늘 삼촌이라고 불렀다. 그래서 나도 그 축에 끼이는 줄 알았다. 알고 보니 삼촌은 엄마의 친동생이었다. 누구의 삼촌이 아닌 진짜 내 삼촌이었다는 걸 대학로에 와서 알았다. 어쩐지 엄마를 많이 닮았더라. '엄마', 자신을 낳은 여성을 가리키거나 부르는 말. 엄마가 누구였지.

처음엔 시설을 떠나야 한다는 사실이 두려웠다. 삼촌과 살아야 한다는 사실이 두려운 게 아니라, 길든 그곳을 떠나야 한다는 사실이 두려움으로 다가왔다. 원장의 성격이 괴팍하고 사람들과 애절한 친교는 없어도 몸담았던 곳을 쉽게 떠날 수는 없었다. 매일 만나던 나무와 풀과 꽃과 동물들과 이별이라니.

하지만 내겐 거절할 아무런 힘도 없고, 또 거절 따원 아무런 이유가 없었다. 여기면 어떻고 저기면 어떠랴. 달팽이 침낭만 빼앗지 않고 나를 건드리지 않는 곳이면 더 바랄 게 없었다. 나를 그냥 내버려 두면 그것으로 만족이었다.

그랬는데 거기에 엄마의 의도가 숨어 있었다니, 의외였다. 나는 엄마라는 단어를 좋아하지 않았다. 내 안엔 엄마라는 인물이 존재하지 않았다. 다만 나에게 엄마란 나를 잘못 태어나게 한 장본인, 나를 죽이지 못해 안달하다 결국 한국을 떠나 버린 그런 의미밖에 각인된 게 없었다. 서로 보고 싶지 않은 사이였다.

"거듭아, 잘떡이 오늘따라 유난히 맛있다. 떡 같은 거 입에 대지도 않았는데."

미로가 떡을 양손에 들고 욕심을 부렸다.

'그래, 미로야. 많이 먹어라. 곧 엄마가 될 테니까.'

탯줄

미로는 외출을 거의 하지 않았다. 술과 담배도 끊었다. 미로는 짬만 나면 잠을 잤다. 쭈그리고 앉아서도 자고, 벽에 기대어 자기도 하고, 사정이 허락하면 담요 위에 픽 쓰러져 금세 잠이 들었다. 그때마다 나는 달팽이 침낭으로 미로 배를 감싸 주었다. 달팽이 침낭 속에서 아이가 꼬물꼬물했다. 엄마의 탯줄을 달고서 꼼지락거렸다. 꿈을 꾸고 있는지 미로도 배시시 웃었다. 그 옆에서 나는 그 모습을 그려댔다.

나는 새로운 사실을 하나 더 알게 되었다. 그 달팽이 침낭을 걸치고 있으면 누구나 행복해진다는 걸 말이다. 내 것이어서 나한테만 그러는 줄 알았는데 그게 아니었다. 지금 미로는 침낭이 자신을 감싸고 있는 것도 모른 채 행복해하고 있었다. 그걸 보고 있는 나도 길이를 잴 수 없을 만큼 행복했다.

나는 미로 배 위에 살며시 내 오른쪽 귀를 갖다 대었다. 심장 박동 소리가 힘차게 들렸다.

"누구?"

미로가 깜짝 놀라 눈을 떴다. 나는 태아가 놀랄까 봐, 달팽이 침낭을 손으로 지그시 눌러 주었다. 미로는 곧바로 안정을 찾고 도로 눈을 감았다. 나는 조용히 일어났다.

나는 인터넷을 뒤지기 시작했다. '산모에게 좋은 음식'을 찾았다. 과일, 채소, 고기, 생선을 골고루 먹어야 한다고 적혀 있었다. 우선 쉽게 구할 수 있는 것부터 사기로 했다. 마음이 그렇게 시켰다. 신이 그렇게 시켰다. 신이 바빠 '태동이'를 나에게 맡긴 게 틀림없다.

지갑을 챙겨 들었다. 내 지갑에 얼마가 들었는지 모르지만, 삼촌은 언제나 내 지갑에 돈을 도톰하게 넣어 두었다. 혼자 시장에 가 본 적은 없지만, 돈을 들고 가야 한다는 것쯤은 알고 있다. 돈을 내고 무엇을 산다는 행위는 나에겐 두려운 일 중의 하나였다. 그것은 내가 할 일이 아니었다. 미로를 만나고부터 내가 하고 있는 일들은 모두 두려움의 대상이었다. 한 번도 해 보지 않았던 최초의 경험이었다. 하지만 기어코 해내리란 의지가 생겼다. 태아 때문이다. 그 아이를 생각하면 용기가 생겼다. 그 아이가 나의 잠재력을 일깨워 주었다.

삼촌이랑 가 봤던 시장을 찾았다. 물건이 정말 많았다. 예전에도 이렇게 물건들이 많았을 텐데, 왜 내 눈에 들어오지 않았을까. 왜 이제 과일이 눈에 들어오고, 옷이 눈에 들어오고, 고기와 생선이 눈에 띨까.

사람들이 물결처럼 일렁였다. 길에, 시장에 사람이 이렇게 많을 줄 몰랐다. 이들이 다 그래서 이렇게 움직이는구나. 아내를 위해서, 남편을 위해서, 아이를 위해서 이렇게 부지런히 움직이는구나. 이렇게 움직여 돈을 버는구나.

일단 5천 원을 내고 한 무더기의 귤을 샀다. 값이 붙어 있는 물건을 선택하니 그나마 쉬웠다. 말 한마디 하지 않아도, 물건에 눈길만 주어도 주인이 알아서 해 주었다. 소고기 한 근, 요구르트 10개, 헐렁한 치마까지. 그렇게 사고 나니, 내 이마에서 땀이 송골송골 돋아났다. 돈 내고 물건 사는 일이 이렇게 힘든 일인지 미처 몰랐다. 익숙하지 않은 일이 어디 한두 가지랴. 문턱이란 문턱은 여전히 거대한 산이었다. 그나마 문턱 없는 상가들이 있어 다행이었다.

불편한 것도 때론 즐거움을 동반했다. 발걸음이 가벼웠다. 흥도 났다. 미로만 생각하면 웃음이 저절로 나왔다. 미로는 천형을 끼고 사는 나에게 소리 없이 찾아온 선물일 듯싶었다.

"와! 이걸, 와! 우리 거듭이가, 와! 정말 네가 샀단 말이야?"

삼촌 눈이 황소 눈이 되었다. 벌어진 입은 다물지 못했다. 나는 땅에 시선을 두고, 물건 담은 봉투를 미로 앞에 밀어 놓았다.

"어머! 귤 먹고 싶은 걸 어떻게 안 거야? 어머, 요구르트도 있고, 어머, 고기도 있네."

미로는 앉은 자리에서 요구르트 두 병과 귤 다섯 개를 까먹었다. 나는 먹지도 않는데 내 배가 자꾸 불러 왔다. 포만감도 느껴졌다.

"그래? 이제 거듭이 장가가도 되겠다야."

삼촌이 물건을 꺼내 냉장고에 넣으려 했다. 나는 슬그머니 봉투를 끌어안았다. 그런데 미로가 갑자기 화장실로 뛰어가 먹은 걸 다 토해 냈다. 내 속이 울렁거렸다.

"뭐야? 금방 체했구나. 그러니까 먹는 거 두고 목숨 걸지 말랬잖아."

삼촌이 미로 등을 두드려 주었다. 나는 고기와 생선을 냉장고에 넣었다.

"삼촌, 먹는 게 남는 거라면서요?"

미로 눈가에 굵은 눈물방울이 맺혔다. 힘이 들었는지 내 담요 위에 그대로 누워 버렸다. 나는 달팽이 침낭을 배에 덮어 주었다. 아기도 힘들었는지 꿈틀댔다.

'괜찮아, 괜찮아. 내가 너를 지켜줄게. 태동아.'

나는 내 맘대로 아기 이름을 지었어. 나중에 미로가 맘에 들지 않는다고 하면 그때 바꾸면 되니까. 나는 미로 옆에 앉았어. 어찌나 마음이 설레는지. 내 가슴에서 다듬이 소리가 들렸는데, 미로에게 들킬까 봐 두 손으로 가슴을 가렸어. 먹을거리를 미로 머리맡에 놓아 주었어. 이젠 미로를 지켜 줄 사람은 오로지 나밖에 없다는 생각이 들었어. 오롯이 나 혼자 지켜 줘야 할 존재가 생겼다는 게 무엇보다 좋았어. 그 일이 나를 가슴 떨리게 했던 거야. 가슴 떨림, 언제 내가 가슴 떨리게 누굴 좋아해 본 적이 있었던가. 공포에 떨어본 적은 많았지만, 너무 황홀해서 가슴 벅찼던 일은 한 번도 없었어. 그래서 나는 보이는 쪽지마다 '태동이'라고 적어 놓았어.

아빠가 되는 첫 관문을 무사히 통과한 거지.

"뭐야? 정말 우리 거듭이가 미로를 좋아하는 거 맞아? 너희 합방한 거 아니지?"

삼촌은 심상치 않은 표정으로 나와 미로를 번갈아 가며 눈총을 주었다.

"아이, 삼촌은. 그게 아니란 말이에요. 얘는 나 안 좋아해요. 나 혼자만 좋아하지."

미로가 눈을 스르르 감으며 말했다. 그리고 곧장 잠이 들었다.

"참, 나. 별일이네. 몸이 아프다 해서 봐줬더니, 아예 살림 차릴 태도네."

뭔가 수상한 눈초리로 삼촌은 내 행동을 주시했다.

미로 배가 조금씩 부르기 시작했다. 불뚝 나온 배를 보고 미로 자신도 놀라고, 삼촌도 놀라고 단원들도 의심의 눈초리를 풀지 않았다. 처음에는 '뭐야, 죽을병?' 하더니, 시간이 지나니 '뭐야? 혹시?' 하는 그런 복잡 미묘한 표정들을 지었다.

그러거나 말거나 나는 평온했다. 나만 신이 났다. 내가 태동이 아빠가 되어 주기로 마음먹고 나니 세상이 달라 보였다. 나에게 이런 기적이 다가오다니. '아빠', 자신에게 직접 혈통을 이어 준 사람. 생각만 해도 흥분이 되었다.

내 뇌리에 각인된 아버지의 모습을 매일매일 조금씩조금씩 내 마음속 지우개로 지워 버린 지가 오래되었다. 아버지란 존재는 내 의식에 티끌만큼도 남아있지 않았다. '왜 하필이면 우리 집이니?' 했던 그 말을 지우는 데 제일 많은 시간이 걸렸지만 결국 그 소리조차 내 기억에서 완전히 빼 버렸다.

그 자리에 태동이가 들어서기 시작했다. 이것도 신의 섭리?

'태동아, 왜 하필 나에게로 왔니? 왜 나에게로 와서 이 가슴이 터질 것 같은 환희를 안겨 주니. 태동아, 아주 잘 왔어. 나에게로, 우리에게로 아주 잘 왔어!'

달팽이 침낭으로 미로 배를 덮어 주고 내가 그 자리를 지키자, 다른 사람들은 감히 무어라 하지 못했다. 특히 삼촌은 아예 말문을 닫아 버렸다. 멍청한 표정으로 바라보다가 고개만 살래살래 흔들 뿐이었다. 미로 한 번 보고 내 얼굴 한 번 보고, 입을 벌렸다가 도로 다물어 버리곤 냉수만 벌컥벌컥 마셔댔다. 나처럼 입이 영영 닫혀 버리면 안 되는데.

아무것도 할 줄 모르던 아이. 아니, 내 안에 갇혀 내 손이 움직이는 대로 내 발이 움직이는 대로 살았던 아이. 그냥 누가 조정하면 기계처럼, 시간에 맞춰 행동했던 아이, 그래서 다른 사람도 그렇게 믿고 나에겐 별 기대를 걸지 않았다. 밥충이. 멍청이. 측은한 눈으로 나를 바라볼 뿐이었다. 그러거나 말거나, 아무 상관없는 일이었다. 소통이 필요치 않았다. 나는 사람들과 소통에 연연하지 않았다. 보는 사람들이 답답하다고 가슴을 치지만, 나는 내 세계만으로 만족했다. 사람들과는 소통이 안 되기 때문에 나무와 꽃과 바람을 그려대며 놀았다.

그런 세계로 미로가 들어왔다. 태동이가 내게 다가왔다. 미로를 바라보고 있으면 잠이 오지 않았다. 잠자는 시간도 아까웠다. 그래서 캄캄한 밤에 살짝 일어나 미로를 바라봤다. 아무 상관없던 사람이 내게로 들어와 온몸을 흔들어댔다. 진저리쳐지도록 좋았다.

나에게 그런 감정이 숨어있었다는 걸 나도 미처 헤아리지 못했다. 사랑의 씨가 어딘가에서 싹이 트고 있다는 걸 알지 못했다. 그게 뭔지도 몰랐다. 하지만 가슴이 간질간질하고, 무언가를 주고 싶고, 가만히 있으면 안 될 것 같아 자꾸 서성거리게 되었다.

태동이가 내게로 온 후로, 부지런히 움직였다. 어색하지 않게 내 몸이 그렇게 움직였다. 얼마 전까지는 뇌에 각인된 것으로 움직였다. 지금은 가슴이 나를 조종했다. 나는 미로를 살맛 나게 만들어 주는 역할을 맡게 되었다. 신이 얼마나 바빴으면 미로와 태동이를 나에게 맡겼을까.

다행히 미로는 내 말을 잘 들었다. 물론 말로 소통하지 못하지만 미로는 내 마음을 잘 읽고 따라줬다. 예전대로 그 속도대로 그림을 그렸다. 그만큼 돈을 벌었다. 그 돈을 미로에게 몽땅 주었다. 아니, 미로가 직접 손님에게 돈을 받았다. 목에 건 긴 끈 가방에 돈이 차곡차곡 쌓여 갔다. 미로는 한 푼 한 푼이 무지 귀하다며 돈을 맘대로 쓰지 못했다. 쓸 수가 없다고 했다. 자기가 번 돈은 귀하지 않다고 했다. 술잔을 부딪치며 벌었다고 했다. 웃음 팔아 벌었다고 했다. 그래서 버는 즉시 다 써 버렸다고 했다. 꾸깃꾸깃 아무렇게나 쑤셔 넣었다고 했다. 집에서 나올 때 금고 속에 있는 수표를 뭉텅이로 훔쳐 나와 며칠 만에 다 뿌렸다고 했다.

"돈이 이렇게 경이로워 보이기는 처음이네. 거듭아, 한 푼이 천금처럼 보이기는 처음이다, 야."

구겨진 지폐를 손다리미로 펴서 차곡차곡 지갑에 넣었다.

"거듭아, 네가 진짜 내 신랑 같애."

나도 미로 네가 내 신부 같다.

사람들이 사는 평범한 일상이 나도 모르게 그리웠을까. 아니, 간절히 원하고 있었을까. 애초부터 그럴 수 없다고, 그럴 자격도 없다고, 그런 걸 누려서도 안 된다고 최면을 걸었는지 모른다. 그렇지 않고서야 지금 나에게 주어진 일상이 이리 가슴 벅찰 수 있을까. 남이 누리는 평범한 일상을 나도 가질 수 있다니 꿈만 같았다. 내가 미로 남편? 사람들은 나를 아무것도 모르는, 아무 감정도 느끼지 못하는 것으로 알고 있다. 맞는 말이다. 아니, 지극히 맞지 않다. 좋고 나쁘고, 슬프고 안타까운 감정 따윌 다 느끼고 산다. 다만 겉으로 드러나지 않을 뿐이다. 표현하지 못할 뿐이다. 그러니 당연히 아무것도 모르는 자폐증 환자로 취급당하는 게 맞다. 취급하는 게 맞다. 하지만 지극히 맞지 않다. 미로를 보면 한없이 좋지만, 한없이 안타깝기도 했다.

미로는 음식을 잘 먹지 못했다. 속이 메스껍다며 자주 토했다. 그럴 때마다 나도 멀미 같은 게 밀려왔다.

"거듭아, 음식에서 이상한 냄새가 나. 밥에선 쇠 냄새, 김치에선 비린내, 과일에선 떫은맛이 나. 예전엔 아주 맛있는 것들이었는데, 검색해 보니 3개월이면 입덧이 끝난다는데, 나는 왜 이리 길까?"

그러게 왜 그럴까, 아기 가진 것을 늦게 알아차린 벌일까? 입덧을 길게 해서 태아에게 함부로 하지 말라는 신호일지 모른다는 느낌이 왔다. 미로가 아기를 낳을 때까지 나도 그 같은 느낌을 고스란히 느꼈으면 하는 바람이 컸다. 그래야 진짜 남편이 될 수 있으니까. 밥에서 쇠 냄새가 나고 김치에서 비린내가 나기를 간절히 바랐다. "그런데 괜찮아 거듭아. 엄마가 되려면 이런 것쯤 아무것도 아니야. 문제없어. 네가 내 옆에 있으면 난 다 참을 수 있어. 조금 있으면 나아질 거야. 그때까지 잘 참을 거야."

미로가 신비롭다. 사람이 사람을 만들어 내는 것이 얼마나 위대한 일인지, 가까이서 지켜보고 있자니 하루하루가 경이로움으로 다가왔다. 미로 배 속에 아이가 꼬물꼬물 자라고 있다는 사실에, 내 몸이 부르르 떨릴 때가 있다. 감당할 수 없어서.

시간이 지나자 미로 입맛도 돌아왔다. 돌배나무 덕분이었다.

"이 돌배나무 열매, 어쩜 이렇게 새콤달콤하지? 내 입맛에 딱 맞아. 정말 환상이다."

미로는 돌배 열매를 끼고 지냈다. 앉은 자리에서 열 개 정도는 거뜬히 먹어 치웠다. 돌배나무는 때를 놓치지 않고, 열매를 주렁주렁 달고 미로를 기다린 듯했다.

'돌배나무도 이미 예정된 선물이었구나.'

새들도 잘 쪼아 먹지 않던 돌배 열매가 미로 양식이 되어 주다니, 미로가 맛있게 먹길래 나도 따 먹어 보았다. 떫고 매우 신맛이 났다. 껍질이 거칠어 목에 걸리기도 했다. 그래도 삼켰다. 미로가 먹는데 뭐가 문제겠는가. 미로는 돌배만큼 맛있는 게 없다고 했다. 사실 작년에는 돌배 열매가 부실해 몇 개밖에 열리지 않았다. 그것도 영양실조에 걸려 바짝 마른 아이처럼 그렇게 볼품없이 말라비틀어진 열매였다. 신기하게도 올해는 온 가지에 꽃을 풍성하게 피워 내더니 가지가 휘어질 정도로 많은 열매를 키워 냈다. 채 익지도 않은 열매를 야금야금 따 먹기 시작하면서 미로의 입덧도 끝났다. 이제 음식 맛이 제대로 돌아왔다며 신나게 먹어댔다.

　아무도 거들떠보지 않던 나무, 아무도 먹지 않던 열매가 미로에겐 훌륭한 먹을거리가 되다니, 그게 기특해서 나는 돌배나무를 감싸 안았다.

　달팽이 침낭을 통해 들여다본 태동이도 돌배 열매를 아주 좋아했다. 엄마가 돌배를 먹을 땐 자기도 입을 오물오물하며 입맛을 다셨다. 태동이는 특히 음악을 좋아했다. 신이 나고 경쾌한 음악을 들을 땐 태동이도 팔다리를 휘저으면 춤을 추었다. 그리고 엄마 배를 툭툭 찼다. 기분이 엄청나게 좋다는 신호 같았다. 미로가 달팽이 침낭을 두르고 자는 동안 나는 태동이와 놀았다. 미로도 모르는 태동이와의 조우, 그게 나를 짜릿하게 만들었다.

"뭐라고? 맡긴 돈 내놓으라고? 거듭이가 그렇게 된 게 왜 내 탓이냐고! 자기네들이 좋다고 하는 걸 난들 어쩌겠어. 아니, 누난 사랑 같은 거 안 해봐서 그따위 소릴 하는 거야? 그래서 새파랗게 젊은 애랑 미국으로 도망가 사냐구? 그렇게 답답하면 누나가 직접 나와 데려가든지."

한가한 오전, 미로와 둘이서 음악을 듣고 있었다. 그런데 삼촌 목소리가 갑자기 커지면서 조용했던 지하실 분위기는 사납게 변했다. 삼촌은 전화를 끊고도 분을 참지 못해 씩씩거리며 밖으로 나가 버렸다. 나는 미로 배 위에 있는 달팽이 침낭이 흘러내리지 않게 꼭꼭 여며 주었다. 미로가 씩 웃었다. 그리고 내 손을 잡아 배 위로 얹어 주었다. 태동이가 꿈틀거렸다. 자기도 다 듣고 있다는 듯이.

"거듭아, 나 이렇게 행복해도 되는 거야? 이 행복 어디서 잠시 빌려 온 거 아니지? 시간 지나면 도로 내놔야 하는 거 아니지? 신이 우리에게 부여한 축복이지, 거듭아?"

내가 그렇다고 했다. 내 말을 알아들은 미로는 내 가슴에 자기 얼굴을 묻었다.

그때 양 볼에 심통을 가득 달고 삼촌이 다시 나타났다.

"나거듭! 아니, 미로야. 일단 병원에 가 보자. 가서 무엇을 해야 하는지 어떻게 해야 하는지 알아보자. 아니, 그게 아니고 언제 아기가 나올지, 또 아기는 건강한지, 아 참, 그게 아니고. 암튼 병원 가서 안전하게 다 알아보자, 어여 일어나."

삼촌은 횡설수설 허둥지둥, 갈팡질팡, 정신이 나간 사람 같았다. 통화를 끝낸 후, 잔뜩 긴장된 표정이었다. 겁을 먹은 것 같기도 하고, 흥분한 것 같기도 하고, 무언가에 쫓기는 사람 같았다. 좀처럼 보지 못했던 표정이었다.

"뭐 이런 게 다 있냐. 거참 지랄 같네. 애 아빠 그렇게 단박에 되는 거냐? 예행연습이나 리허설 같은 건 없냐니까? 그런데 미로야, 거듭이가 애 아빠인 건 맞지?"

삼촌은 맞지? 하면서 미로의 눈길을 피했다. 미로는 아무 말도 하지 않았다.

"그래, 당연한 걸 괜히 물었네. 미로야 미안하다. 그런데 말이야, 너희 둘 언제부터?"

삼촌 시선이 나에게 꽂혔다. 그러나 말거나 나는 귓불을 만졌다. 뜻이 통하면 좋으련만. 나는 미로를 데리고 밖으로 나왔다. 삼촌이 뒤에서 따라왔다. 삼촌과 마주쳐 볼까? 속마음 어떤 걸까. 그러긴 싫었다. 그런 일을 헤프게 쓰긴 싫었다. 또 알아서 무얼 하겠는가. 너무 많이 알아도 탈이 나지.

"거듭아, 우리 병원에 가는 거야. 태동이가 건강한지 보러 가는 거야. 태동이가 언제 나오나 그거 보러 가는 거라구, 걱정하지 마."

미로가 허리에 달팽이 침낭을 두르고 내 귀에 속삭였다. 병원에 도착해서도 미로는 내 손을 놓지 않았다. 손가락을 움직여 서로 대화를 이어갔다.

"산모가 아주 건강하네요. 아이도 건강하구요. 아빠 되시나요?"

산부인과 의사는 삼촌에게 시선을 돌렸다. 삼촌이 얼굴에 흐르는 땀을 손으로 훔쳐냈다.

"아니, 그게 내가 아빠가 아니고요. 여기 얘가 아빠라네요, 아 참, 뭐 이런 일이다, 히히, 있·구·나? 그렇지, 거듭아?"

죽을죄를 진 것처럼 삼촌은 여의사에게 쩔쩔맸다. 태동이가 들으면 언짢아할까 봐 허리에 두른 달팽이 침낭을 꼭 잡았다. 혹시 침낭이 흘러내리면 산모나 아기가 놀랄까 봐.

"아, 그러세요. 어쩐지 아기가 아주 미남이에요. 보세요, 아주 잘 생겼지요?"

모니터에 나타난 사진이 태동이라는데, 내 눈에 잘 보이지 않았다. 오히려 달팽이 침낭에 투영된 태동이가 더 선명하게 보였다.

"도무지 뭐가 뭔지 모르겠네요. 잘생긴 건지 아닌지, 히히히. 아, 나 원 참."

삼촌은 계속 횡설수설, 자기가 무슨 말을 하는지 모르겠다는 표정이었다.

"거봐 거듭아, 내 뭐랬어. 너 닮아서 우리 태동이 아주 멋있는 애라고 얘기했잖아."

미로가 자기 배를 쓰다듬으며 나에게 속삭였다. 삼촌은 물끄러미 우리 행동을 주시했다. 아직도 뭐가 뭔지 모르겠다는 듯이, 주먹으로 자기 머리를 툭툭 쳤다.

"태아가 아주 잘 크고 있네요. 그래도 산모가 운동을 많이 해야 해요.

걷기 운동이 좋아요. 아이가 너무 크면 낳을 때 산모가 힘들거든요."

의사도 어느 정도 분위기를 파악했는지 삼촌을 바라보며 안심을 시켰다.

"거듭아, 나 냉면 먹고 싶어. 우리 먹고 들어가자."

밖으로 나와 냉면집을 찾았다. 삼촌은 알아서 들어오라며 부리나케 우리 곁을 벗어났다. 미로가 휴, 하고 한숨을 뿜어냈다. 나름 삼촌 앞에 선 긴장이 되는 모양이었다. 그럴 필요 없어. 지금 이 좋은 감정에 충실하면 돼.

"거듭아, 나 너무 행복해. 내 인생에서 가장 행복한 나날을 보내고 있네. 우리 거듭이가 태동이 아빠 돼 줘서 고마워."

미로가 내 볼에 뽀뽀했다. 우리 거듭이? 이 짜릿함, 이보다 더 좋을 순 없었다. 한편으론 서운한 마음도 들었다. 당연히 내가 아빤데, 태동이 아빠가 돼 주어 고맙다니. 나는 태동이 아빠다.

"어머! 저 빨강 가방 너무 이쁘다, 그치 거듭아. 나 저거 사 줘."

빨강 가방을 보는 순간, 나는 고개를 다른 곳으로 돌렸다. 가슴이 덜컥! 잊었던 영상 하나가 내 가슴을 툭 치고 지나갔다. 엄마의 마지막 모습은 빨강 가방과 함께였다. 그날 엄마는 빨강 가방을 들고 내 시야에서 사라졌다. 엄마는 빨강색 가방이 여러 개였다. 당신 그 빨강 가방 좀 버릴 수 없어? 남자 목소리에, 왜요? 멋지지 않나요? 이래 봬도 이 안에 열정이 가득 들어 있다니까요. 날카롭게 답변하는 여자 목소리.

갑자기 가방 가게 문턱에 내 발이 걸렸다. 넘어서려는 순간, 내 몸이 굳어 버렸다.

"거듭아, 왜 그래?"

벌써 빨강 가방은 미로 어깨에 걸쳐 있었다. 나는 문턱을 넘지 않고 발을 밖으로 슬그머니 뺐다. 미로가 서슴없이 돈을 내고 가방을 들고나왔다. 돈 아까워 못 쓰겠다더니, 빨강 가방 유혹 앞에선 미로가 무너졌다.

"거듭아, 왜 그래? 아까 보니까 병원 문턱 아주 잘 넘던데?"

미로 말을 듣고 보니 그랬다. 내 눈에 병원 문턱 따윈 보이지 않았다. 무의식이 나를 지배한 게 틀림없었다. 나쁘지 않았다. 태동이와 인연은 이래서 필연일 수밖에 없다. 태동이 일이라면 굳어있던 몸부터 풀어졌다.

아, 빨강 가방, 그 가방이 자꾸 눈에 거슬린다.

초상화를 그려 달라는 손님이 심심찮게 찾아왔다. 하나도 힘들지 않았다. 미로가 꾸벅꾸벅 졸면서 내 옆자리를 지켜 줬다. 들어가 쉬라는 내 마음을 읽고도 미로는 괜찮다며 행복한 웃음을 내게 던졌다. 침낭을 배에 두른 채, 돌배나무에 등을 기대 졸기도 했다.

초상화, 대학로에 와서 처음 4B 연필을 잡아 봤다. 그동안은 단순한 연필이나 크레용으로 스케치했는데, 그림 그릴 때 쓰는 연필이 따로 있다는 걸 처음 알았다. 첫 경험이 어디 그것뿐인가. 물인 줄 알고 마셨던 쓰디쓴 소주. 밤이면 아늑한 골목골목을 차지하는 노숙자들, 신문지나 박스가 그들 이불이 되어 준다는 사실, 새벽이면 그 이불까지 걷어가는 부지런한 폐휴지 줍는 노인들, 그 자리에 오물을 쏟아 내는 술객들, 예술에 빠져 살고 싶어 밀려드는 젊은이들.

대학로에 터 잡고 있는 사람들은 거의 삼촌 친구였는데, 그중에서 초상화로 살림을 꾸려가는 분이 있었다. 공원 옆 천막이 그의 아지트였다. 그를 사람들은 홍 선생이라 불렀다. 삼촌은 틈틈이 나를 홍 선생 아지트로 데려가 줬다. 나도 홍 선생 옆에 앉아있는 게 싫지 않았다. 홍 선생은 나에게 어떤 호기심도 보이지 않았다. 있는 그대로 나를 바라봤다. 두런두런 혼자 이야기를 이어갔다. 홍 선생도 말동무가 많지 않았다. 무료하면 무료한 대로, 심심하면 그런대로, 혼자도 잘 노는 사람이었다. 과자도 같이 먹고 커피도 같이 마시고 그러다가 손님이 오면 그대로 초상화 그려 주고.

그 덕분에 초상화 그리는 모습을 처음부터 끝까지 지켜볼 수 있었다. 그러기를 여러 날, 홍 선생이 4B 연필과 하얀 종이를 내 손에 쥐여 주었다. 무심코 받아 든 연필과 하얀 종이. 뭘 어쩌겠다는 의도 없이 나는 연필을 끄적였다. 내 손이 저절로 움직였다. 다 그려 놓고 보니 홍 선생의 초상화였다.

"거듭아, 네 손에 요정 하나가 들려 있구나. 한 번 본 사물이 네 머리에 그대로 삭인되는 모양이구나. 그 요정 잘 다루거라. 가끔 나한테 빌려주기도 하고."

삼촌이 아지트로 들어오자, 내가 그린 초상화부터 보여 주었다.

"그렇지, 홍 선생? 우리 거듭이가 그린 세밀화 보면 아마 깜짝 놀랄걸. 야! 우리 거듭이, 그림 도구 사 줘야겠네."

그렇게 해서 초상화 작업이 시작되었다. 그 행위가 나를 즐겁게 만들지는 않았다. 설렘도 가져다주지 않았다. 다만 초상화를 가져가면서 흡족해하는 손님들의 모습 때문에 싫증은 나지 않았다.

그랬던 초상화 작업이 요즘 들어 나를 설레게 한다. 태동이를 위해서 돈을 번다는 게 커다란 기쁨이었다. 미로 지갑에 그 돈을 넣어 주는 기쁨이 생각보다 컸다. 미로가 태동이를 품고 있으니까. 누가 누굴 품는다는 건 좋은 일이다. 할아버지가, 할머니가 나를 품었듯이.

"거듭아, 내 지갑에 5만 원만 들어 있어도 아주 부자가 된 기분이네. 그 정도면 우리 둘이 아주 행복하게 지낼 수 있잖아. 이 지갑이 요술 항아리 같애."

그래서 나는 언제나 미로 지갑에 돈을 채워 넣었다. 얼마인지는 계산해 보지 않았다. 아마 5만 원보다 훨씬 많지 않을까. 미로 지갑에 돈을 채워 넣는 일은 세상 어떤 일보다 흐뭇했다. 나는 그렇게 아빠가 되어 갔다.

오후 5시가 되기 전에 의자에서 일어나야겠다는 생각이 들었다. 가습이 시키는 일이었다. 벼락이 쳐도 5시까지는 고수하던 자리였다. 그 자리에 앉아 똥오줌을 싸는 한이 있어도 시간을 채워야만 했다. 하지만 미로와 걷고 싶은 충동이 생기는 순간, 5시가 되기 전에도 의자에서 일어설 수 있을 것 같았다. 몸이 마음을 이길 수 있을까? 갑자기 두려움도 동시에 밀려왔다. 한번 각인된 규칙을 어겨 본 적이 없었다. 어겨서는 안 되는 거였다. 어겨야 되겠다는 생각조차 들지 않았다. 그런데 이래도 되는 건가. 이래도 되는 건가. 엄청난 혼돈이 밀려왔다. 그리하면 안 되는 일이라면? 세상이 뒤집힌다면, 그래서 미로가 사라진다면?

그런데 미로와 식당에도 가고 싶고 시장에도 가고 싶고, 손도 자주 잡고 싶다는 충동이 더 강해지는 순간, 의자에서 벌떡 일어나고 말았다. 졸고 있던 미로가 내 행동을 보고 놀란 표정을 지었다. 나도 나에게 놀라는 중이었다.

"어머, 거듭아! 그래도 되는 거야? 아직 12분이나 남았는데?"

'미로 네가 그걸 원하잖아.'

나는 후다닥 의자를 치우고 도구들을 상자에 넣고, 파라솔도 접었다. 그러지 않으면 도로 주저앉아 버릴 것 같았다. 그러지 않으면 세상이 멈춰 버릴지도 모른다. 그래서 후딱 정리하고 두 팔을 번쩍 들었다. 만세라도 부르고 싶은 심정이다. 미로에게 향하는 마음이 내 뇌리 속 규칙을 이겼다.

그제야 내 손목시계 시침이 5시를 가리켰다. 우리는 동네 한 바퀴를 친친히 걸어 다녔다. 길거리에서 호떡을 사 먹었다. 미로가 좋아하는 냉면도 사 먹었다. 아, 이런 일상을 내가 누릴 수 있다니. 평범한 사람들이 누리는 일상, 그런 일상을 평범하지 않은 내가 누릴 수 있다는 사실이 가슴 벅찬 일이었다. 하긴 남의 일상이 내 눈에 들어오긴 했던가. 말하지 않아도 미로와 마음으로 통한다는 게 신기했다.

그런 탓에 몸은 아주 피곤했다. 나른한 피곤이었다. 아늑하게 꾸민 지하 공간으로 돌아왔다. 형광등을 껐다. 깜깜했다. 우리 둘은 달팽이 침낭을 나눠 덮고 누워 천장을 바라보았다. 북두칠성이 반짝반짝 빛이 났다. 비록 푸른 별빛을 품고 있는 야광 스티커였지만 여느 푸른 초원과 다르지 않았다. 이 좁은 지하 방이 푸르게 빛이 났다. 이 땅에서 천국을 맛볼 수 있다면 바로 이 순간이 아닌가 싶기도 하다.

"거듭아, 거듭아."

미로가 작은 소리로 속삭였다.

"거듭아, 배가 아프네. 불 좀 켜 봐."

나는 스프링처럼 벌떡 일어났다. 불을 켜는 데 1초도 걸리지 않았다. 반사적인 행동이었다.

"물 같은 게 자꾸 나와. 태동이는 괜찮을까?"

나는 두말하지 않고 방문을 세게 열어젖혔다. 아빠나 할 수 있는 행동이었다.

"왜? 왜, 거듭아? 왜?"

삼촌이 하품하며 엉거주춤 우리 방 쪽으로 걸어 왔다. 삼촌은 여전히 마음이 혼란스러워 보였다. 그 좋아하던 밥도 잘 먹히지 않는다고 했다.

밥맛이 십리 길로 달아났다고 했다. 나이를 괜히 먹는 게 아닌가 보다. 나이만큼 살아가는 기술도 늘어가는 모양이다. 삼촌만 봐도 그렇다. 예전엔 도배할 줄도 몰랐단다. 예전엔 머리도 깎을 줄 몰랐고, 재봉틀도 돌리지 못했다고 했다. 하지만 삼촌에게 그런 것쯤 아무것도 아니었다. 단원들 미용사 노릇도 하고, 재봉틀 앞에 앉으면 커튼이나 무대복도 척척 잘도 만들어 냈다. 대학가에 스며들면 미용사도 되고, 건축가도 되고, 디자이너도 되고, 실내 장식가, 요리사, 거리 악사, 작가, 호객꾼, 포장마차 주인, 삼촌은 100가지도 넘는 일을 거뜬히 해낼 수 있다고 큰소릴 쳤다.

"난 재료만 있으면 집 몇 채쯤 뚝딱 지을 수 있어."

그런 삼촌이 태동이 얘기만 나오면 머리를 흔들었다. 도대체 모르겠다고, 아이는 어떻게 하면 생겨나는 거냐고, 어떻게 사람이 사람을 만들 수 있느냐고, 고개를 설레설레 흔들면서 호기심 가득 들어있는 눈초리로 우릴 번갈아 바라보았다.

"삼촌, 그게, 양수가 터졌나 봐요. 나 무서워 죽겠어요. 엉엉엉엉."

미로가 손으로 배를 감싸며 엉엉 울었다.

"뭐, 양수? 아직 아기 낳으려면 일주일 정도 남았다고 의사가 그랬는데, 이거 큰일 났다야. 얼른 병원 가자. 야야, 어서들 일어나 봐!"

나는 천으로 만든 가방부터 챙겼다. 거기엔 돈이 들어 있었다. 그리고 태동이가 입을 옷과 담요가 들어 있었다. 미로가 그랬다. 병원에 가게 되면 이 가방을 어깨에 걸라고. 꼭 잊어버리지 말라고. 빨간 가방이 아니어서 다행이다.

밖으로 나오니 승용차가 대기해 있었다. 삼촌이 서두는 걸 보고 단원 한 명이 눈치 빠르게 주차장에 세워져 있던 차를 빼 온 것이다.

"괜찮아? 미로야, 괜찮냐고? 이거 참 미치겠다, 정말. 거듭이 너 이 늙은 삼촌한테 꼭 이렇게… 관두자 관둬. 미로야, 괜찮냐고? 야, 왜 운전을 그따위로 하고 그래?"

미로는 괜찮지 않았다. 입술을 물고 끙끙대느라 대꾸도 하지 못했다. 나는 괜찮다, 괜찮다 주문을 외우며 미로를 다독였다. 침낭을 넓게 펴 미로에게 치마처럼 입혔다.

산통은 침낭으로도 해결되지 않았다. 세상은 생명을 호락호락하게 받아 주지 않았다.

미로가 아기를 낳았다. 여덟 시간 동안 산통을 겪고 우리 태동이가 세상으로, 밖으로 나왔다. 아무리 봐도 미로가 위대해 보였다. 열일곱 살 미로가 알을 낳은 것도 아니고 인형을 낳은 것도 아니고 아기를 낳았다.

"아빠가 탯줄 자르세요, 아주 잘생긴 왕자님입니다."

머리카락이 까만 아이, 얼굴이 쭈글쭈글한 아이, 의사는 자기가 낳은 아기도 아니면서, 아기가 나오자 눈물을 글썽였다. 나도 덩달아 눈물이 나왔다. 이보다 벅찬 일이 또 있을까. 간호사가 건네준 가위로 탯줄을 자르는데 손이 덜덜덜 떨렸다. 눈물이 뚝뚝 떨어졌다. 둘 다 내 의지론

제어할 수 없었다. 탯줄에서 벗어나는 순간 태동이가 울음을 터트렸다. 세상에 자신이 태어난 걸 알리는 의식 같았다.

'수고 했어. 미로는 이제 엄마가 된 거야. 장하다 장해.'

정말 장했다. 내가 생각해도 세상에서 가장 장한 일은 아이를 낳는 일 같았다. 열 달 동안 아이를 품고 있는 것도 힘들 텐데, 그 작은 자궁을 통해 아이를 세상에 내놓다니, 미로는 기적을 낳았다.

아기가 하얀 포대기에 쌓여 미로 가슴에 안겼다. 그 아기를 안고 미로도 눈물만 계속 흘렸다. 조금 전까지는 고통스러워 울었지만, 지금은 환희의 눈물이었다. 눈물에도 빛깔이 있다는 걸 나는 처음 알았다. 지금 미로 볼을 타고 내리는 눈물이 반짝반짝 빛났다. 꼭 훈장 같다는 생각이 들었다. 나는 물끄러미 바라보고 있다가 땀으로 엉클어진 미로 머리를 가지런히 쓸어 올려 주었다. 미로가 내 손을 잡았다. 그리고 자기 뺨을 쓰다듬게 했다. 나는 잘했다고, 네가 허락만 하면 죽을 때까지 사랑하겠노라고 말해 주었다. 네가 낳은 아기도 내가 죽을 때까지 돌봐 주겠다고 말했다. 미로가 잘 알았다는 듯 고개를 끄덕였다.

"네가 내 곁에 있어서 안심할 수 있었어. 고마워, 거듭아."

'나도 고마워. 네 곁에 있게 해 줘서. 태동이를 안겨 줘서.'

그때 간호사가 우리 곁으로 다가왔다.

"자, 아기는 잠깐 아기 침실로 옮길게요. 산모도 일반 병실로 갈 겁니다."

간호사가 아기를 푹신한 아기 침대로 옮겼다.

"간호사 언니, 우리 태동이랑 같이 있으면 안 되나요?"

미로가 애잔한 눈빛을 보내며 간호사에게 말했다.

"엄마가 원하시면 아기도 같이 있게 해 드릴게요. 조금 후에요. 아기는 면역력이 약해서 안전한 곳으로 잠시 옮길게요. 기다려요."

미로가 그러겠다고 했다. 잠시 후에 미로도 일반 병실로 옮겨졌다.

아, 무어라 설명할까?

난 우리 태동이를 보는 순간, 아니, 아이를 안고 있는 미로를 보는 순간 내 엄마가 떠올랐어. 내 엄마? 왜 그랬을까. 미로 얼굴에 엄마 얼굴이 겹쳤기 때문일까. 엄마가 나를 처음으로 안으면서 그랬어. 이 세상을 다 얻은 기분이라고. 맞아, 생각나. 나를 너무 꼭 껴안는 바람에 숨이 막힐 뻔했어. 그래서 내가 막 울었지. 그때 내 아버지가 어휴, 고놈 목청 하나는 타고났구나 하면서 좋아했고.

그런데 왜 나를 버렸지? 이 세상 그 누구와도 바꾸지 않을 것 같은 그 환희는 다 어디에 버린 거지?

아차, 그걸 잊었네. 세상은 이해하는 게 아니라는 걸. 그냥 받아들이는 거라는 걸. 내가 태동이 아빠가 되었다는 걸.

이사

"아 참, 미치겠네. 이런 지하에선 아기를 키울 수 없는데, 이를 어쩌냐."

삼촌은 태동이를 바라보다, 미로와 나를 바라보다, 젖병을 만지작거리다, 기저귀에 시선을 두다, 곰팡이 핀 방구석을 쳐다보다, 요즘 되는 일이 하나도 없다며 주저리주저리 혼이 나간 사람처럼 굴었다.

'되는 일이 없긴, 이보다 오지게 되는 일이 어딨담.'

"거듭아, 겨울엔 이 방 웃풍이 아주 세잖니. 아 참, 미치겠네 이거."

삼촌이 요즘 '아 참 미치겠네, 아 참 미치겠네'를 입에 달고 다닌다. 미치는 게 뭘까? 어떻게 해야 미치는 걸까? 언제는 내 덕에 산다는 말을 입에 달고 살더니.

"하긴, 미치지 않고선 이 복잡한 세상 어찌 살아남겠니. 거듭이가 미로에게 미친 거 보면, 미치는 것도 나쁘지 않구나. 허허허허허."

삼촌이 말한 세상 이치를 깨달았을까, 태동이가 삼촌 말끝에 이어 울음을 터트렸다.

"에구, 우리 태동이 배고프니? 그래그래, 기다려. 젖 줄게."

미로는 벽 쪽으로 돌아앉아 태동이에게 젖을 물렸다. 꿀꺽꿀꺽 젖을 빨다 사레가 걸려 캑캑거렸다. 입 주위로 젖이 흘러나왔다. 미로는 아이에게 젖을 물릴 때 가장 행복한 표정을 지었다. 그 덕분에 세상 평화가 방으로 모여들었다. 그때는 미로 눈과 마냥 마주쳐도 놀랄 일이 없었다. 마음이 깨끗했다. 불순물이 묻어 있지 않았다.

"그랬어? 배고팠다구? 그래서 엄마가 미웠다구? 에구, 우리 태동이 그래서 서러웠쪄."

태동이가 웃었다. 그러느라 입에 물었던 젖을 놓쳤다. 금세 얼굴을 찡그리며 발버둥 쳤다. 미로는 얼른 젖을 태동이 입에 넣고 또 대화를 시작했다. 엄마는 아기와 눈을 맞추며 얘기를 나누었다. 둘만의 세계가 끝없이 이어졌다. 삼촌은 이미 밖으로 나가고, 나도 멍청하게 서 있다가 밖으로 나왔다. 저 평화를 깨서는 안 될 것 같았다. 이럴 땐 문소리가 나지 않게 조용히 문 닫아 주는 역할만 하면 되었다.

내가 아기였을 때 나도 저렇게 좋았을까. 엄마도 저렇게 평화로웠을까. 아, 그런데 엄마는 왜 나에게 젖을 물리지 않았을까. 언젠가 할머니가 그랬다.

"네 엄마는 아이에게 젖을 물리지 않아 애착이 없는 거야. 애가 자지러지게 울어도 왜 우는지, 그 이유를 모르는 게야."

엄마 젖을 빤 기억이 조금이라도 남아 있다면 나에게도 엄마에 대한 애착이 그만큼이라도 남아 있을지 모를 일이다.

미로는 무엇 때문인지 아이가 자는 시간에도 쉬질 않았다. 쓸고 닦고 빨고, 밥상도 거의 미로가 차렸다. 엄마가 되고 나니 모든 일이 다 즐겁다고 했다. 아이 옆에 있게 해 주는 것으로 모든 피로가 풀린다고 했다. 엄마는 그래야 한다고 했다. 엄마는 힘들어도 힘들다, 말을 해서는 안 되는 거라 했다. 자신은 태동이에게 좋은 엄마로 남아야 한다고 했다. 태동이뿐만 아니라 다른 사람에게도 그러고 싶어 했다. 그 어느 수식어보다, 태동이 엄마로 남길 원했다. 나에게 주어진 미로와의 일상이 소중한 보물이듯이, 지금 미로에게 다가온 엄마 역할이 미로를 가슴 벅차게 만드는 모양이었다.

태동이가 여러 사람에게 변화를 가져다주었다.

삼촌이 이끄는 '찰떡극단'이 서울 근교로 옮긴 일부터가 획기적인 변화였다. 백 년을 살아도 삼촌은 대학로를 벗어날 사람이 아니었다. 대학로를 벗어나면 연극 인생 끝난 거나 마찬가지라고 늘 입버릇처럼 말했었다.

"대학로, 어감부터 다르잖니. 젊음이 넘실거리는 이곳, 그러니까 나이든 사람도 이 골목에 갇히면 젊은이가 되는 거야. 그래서 영원한 대학로가 되는 거지. 봐라, 아무리 상가들이 북적대도 건물과 건물 사이엔 극단이 살아 있잖아. 비록 지하로 스며들긴 했지만, 그래도 그게 어디냐. 대한민국 어디를 가 봐라. 이곳만큼 극단이 판치는 곳이 있나. 연극쟁이들은 배고픈 낭만으로 살거든. 난 여기서 영원히 젊음을 만끽할 거다. 난 여기에 뼈를 묻을 거야."

삼촌은 대리 인생을 사는 게 재미있다고 했다. 스릴 있다고 했다. 배우가 아니면 어느 누가 그 다양한 인생을 살 수 있냐며, 배우가 천직이라고 했다.

그랬던 삼촌이 그 대학로를 벗어났다.

태동이 때문이다. 찰떡극단원 모두 머리를 맞대고 의논한 결과, 지하방에선 태동이가 겨울을 날 수 없다는 결론이 나왔다. 아기를 곰팡이가 서식하는 곳에서 자라게 할 수는 없었다.

우리는 가을 끝자락에 양수리 쪽으로 이사했다. 황토집을 짓다 말고 이사부터 했다. 일단 필요한 만큼 짓고 차차 완성하면 된다며 삼촌이 서둘렀다. 삼촌이 이리저리 뛰어다니며 집 지을 재료들을 구해 왔는데, 새것은 거의 없었다. 누군가가 다 쓰다 버린 것들이다. 그래도 그럴듯하게 구색은 맞추었다. 방이 다섯 칸이나 되는 집을 지은 다음, 마당 한쪽에 천막을 치고 임시 극단도 만들었다. 그러고도 빈터가 아주 넓었다. 집 둘레로 넓은 텃밭도 있었다. 우리에겐 보석과 같은 돌배나무도 데려와, 마당에서 가장 좋은 자리, 햇볕 잘 들고 바람 잘 통하는 자리에 정성껏 심었다. 상처 부위에 두른 낡은 헝겊을 걷어 내고 새 헝겊으로 옷을 입혔다. 혹시 뿌리를 잘못 건드려 몸살이나 나지 않겠느냐는 염려 따윈 하지 않아도 되었다. 사람보다 더 빨리 적응해 나갔다. 돌배나무 옆에 작은 연못을 만들었다. 자기 모습을 비춰 보라고. 나무와 연못과 이젤이 한 폭의 그림이 되었다. 그 옆에 미로와 나와 태동이가 서면, 그보다 더 좋은 풍경은 이 세상에 없었다.

"거듭아, 네 덕분에 이런 호사를 다 한다야. 아무튼, 밥 굶지 않게 잘 꾸려나가자. 우리 태동이 자라는 거 보면서."

삼촌 입에서 밥이라는 단어가 다시 나오기 시작했다. 태동이 때문에 받은 충격이 어느 정도는 가신 모양이다. 내 덕분이 아니라, 두말할 것 없이 태동이 덕분이다. 태동이가 아니었으면 어림없는 일이다. 태동이가 아니었으면 미로와 내가 한방에서 사는 일은 절대 없었을 것이다. 내가 미로를 껴안고 자는 일은 절대 일어나지 않았을 것이다. 미로가 잠들었을 때 그녀를 한없이 바라보다가, 나도 모르게 그녀 입술을 훔치는 일은 절대 없었을 것이다.

"거듭아, 이 터는 예전에 너희 엄마가 사 놓은 거야. 예전부터 나보고 관리하라 했는데, 어림없는 일이었지. 태동이 땜에 맘 바꿔 이사 오니 좋다야. 볕 안 드는 지하로 내려가지 않아도 되고. 햐, 햇볕이 이리 고마울 줄이야. 내 몸에 덕지덕지 붙어 있던 퀴퀴한 지하 냄새가 삽시간에 다 사라졌다니까. 나는 언제 지상으로 올라가 보나, 내 삶이 지하에서 마감하리란 예감에 치가 떨릴 때가 있었는데, 그게 말끔히 해결됐구나. 무엇보다 맘껏 연습할 수 있는 공간이 있어 얼마나 좋은지 모르겠다야. 텃밭은 미로랑 네가 가꿔라, 알았지?"

서로 말을 주고받지 않아도 소통되는 사이, 어느새 삼촌과도 그런 사이가 되어 있었다 나랑 미로도 표정이나 작은 몸짓으로 얼마든지 소통할 수 있다.

시설에 있을 땐 관계라는 말조차 몰랐다. 혼자 밥 먹고 혼자 자고 혼자 놀고, 혼자 사는 것에 익숙했던 나는 누가 내 옆에 있으면 혼란이 왔다. 정신이 몽롱해졌다. 그래서 차단기를 자주 사용했다. 완전히 고립되고서야 나는 편안해졌다.

그런데 태동이랑 같이 살고부터는 그게 아니다. 미로가 무엇을 하려 하면, 내 몸이 먼저 용수철처럼 튀었다. 태동이 목소리만 들어도 내 몸이 먼저 들썩였다. 나뿐만이 아니고 극단 식구들 모두 부지런해졌다. 지하에선 먼지조차 보이지 않더니, 지상으로 올라오니 일할 것 천지라며 투덜거리기도 했다.

텃밭 가꾸기가 이리 신나는 놀이라니. 엄마가 되면 만물박사로 변하는 모양이다. 농사 한 번 지어본 적 없는 미로가 텃밭을 아이처럼 돌보았다. 화학 비료 쓰지 않고도 싱싱한 채소를 길러 냈다. 텃밭에 심어 놓은 푸성귀들이 잘도 자랐다. 우리 가족이 터트리는 웃음소리가 식물의 자양분이 되는 모양이다. 배추도 심고 무도 심고 파도 심고 고추와 옥수수를 심었다. 밭 둘레에는 들꽃이 자랐다. 태동이가 싼 똥과 오줌이 거름이 되었다. 땅속에 미생물이 산다는 걸 책에서 보고 알았는데, 이제야 그 상식을 써먹게 되었다. 풀도 함께 자라게 해야 토양이 건강하다는 걸 텃밭 가꾸며 알게 되었다. 그래서 풀도 뽑지 않고 내버려 두었다. 그러고 보면 이 세상엔 잡풀이란 없는 거다. 잡풀 처지에서 보면 잡곡들이 잡풀이다. 자폐아들 입장에서 보면 정상인이 비정상인 것처럼.

"거듭아, 연극만 종합예술인 줄 알았는데, 미로가 말한 것처럼 농사가 종합예술인 걸 이제야 알았다야, 텃밭이 사람, 바람, 햇빛, 비 따위가 모인 공동 작업장이야."

삼촌이 제일 좋아했다. 몸이 망가지는 것도 모르고 살아내는 것에만 급급했는데, 신선한 채소를 먹으니 몸이 촉촉이 살아나는 것 같다며 텃밭을 자주 들락거렸다. 텃밭이 단원들 요강이 되었다. 나무 한 그루라도 맘대로 잘라선 안 되고, 땅도 맘대로 파헤쳐선 안 된다며, 땅심으로 농사지어 먹자고 했다.

"집 짓는 일할 때 알았는데, 터에도 무늬가 있더라. 그 터의 무늬를 무시해선 안 된다는 것도 알았지."

땅을 헤집지 않고, 터의 무늬를 망가트리지 않고도 집을 지을 수 있었던 것은 순전히 삼촌의 아이디어였다. 마루 한쪽으론 미루나무가 천장을 뚫고 하늘로 향해 있고, 마당 끝으로도 몇십 년을 살아 온 거목들이 수호신처럼 서 있다. 그런 나무들을 베어내지 않고, 이렇게 근사한 집을 지었잖냐며 큰소리도 쳤다. 우리가 죽을 때까지 걱정 없이 살 집이라며 목에 힘을 주기도 했다. 그런 삼촌이 귀엽게 보였다. 하긴 삼촌은 아빠로 살아보질 않아 어느 부분 나보다 어릴지도 모른다. 나는 태동이 아빠니까.

뒷산에 틈틈이 올라가 땔감까지 주워오는 일은 단원들 몫이었다. 산은 약초도 선물했다. 버섯, 둥굴레, 칡, 따위가 집안을 건강하게 만들었다. 새벽이면 모두가 새것이 되었다. 아무도 마시지 않은 공기가 그렇고, 아무도 마시지 않은 샘물이 그렇고, 잠에서 막 깨어난 새들의 합창도 첫 소리였다. 그 소리에 집안사람들이 저마다 할 일을 손에 들었다.

무엇보다도 나를 매일 가슴 뛰게 하는 일이 생겼다. 모두 나를 '아빠'로 불렀다.

"태동아, 아빠 어딨어?"

미로도 그게 즐거운지, 말을 배우는 태동이에게 자꾸자꾸 그렇게 물었다. 그러면 태동이는 내 쪽으로 고개를 돌렸다.

"와와!! 우리 태동이 천재인가 봐. 돌도 안 된 애가 벌써 아빠를 알아보잖아! 아빠는 좋겠다, 아들이 엄마보다 아빠를 더 좋아하니 말이야."

미로 눈이 촉촉이 젖었다.

'고맙다 태동아, 고마워. 넌 내 아들이야.'

나도 그렇게 태동이게 말을 걸었다. 그러면 태동이는 좋아라 까르르 까르르 소리 내어 웃었다.

할머니 말이 떠올랐다.

"갓난아이는 세상 이치를 다 알고 있지, 어미가 무얼 생각하고 있는지, 아비가 무얼 생각하고 있는지, 앞으로 세상이 어떻게 변해갈지 다 알고 있다는 게야. 한마디로 세상 비밀을 다 꿰뚫고 있다는 얘기지. 그래서 신은 갓난아이에게 말을 하지 못하도록 해 놓은 게야. 아이가 돌

지나 말을 배울 때쯤, 그쯤 해서 그 기능을 거두어 가시지. 그러니 애기 앞에선 마음 밭을 깨끗이 가꿔야 해. 인생에서 그때가 가장 행복한 시절인 게야.”

제 어미가, 제 아비가 자기 자식을 들여다보는 걸 두려워하자, 할머니 시름이 깊어졌다. 할머니 말처럼 나도 말을 배울 때쯤 세상 이치를, 사람의 마음을 꿰뚫는 기능은 사라져야 했다. 그 형벌을 언제까지 지니고 살아야 하는지, 언젠가 누구에겐가 꼭 따져 볼 일이다.

“거듭아, 우리 태동이 키우다 보니 우리 엄마가 보고 싶네. 내가 성공할 때까지 엄마한테 가지 않기로 했거든. 그런데 엄마가 많이 보고 싶어. 며칠 있다 우리 엄마 보러 가자. 우리 엄마가 태동이 보면 좋아하실 거야. 거듭이 너도.”

미로는 좀처럼 자기 엄마 얘기를 꺼내지 않았다. 엄마가 되고 나서는 자주 엄마 얘기를 꺼냈다. 미로에게도 엄마는 있었구나. 참 다행이다. 이 세상 사람들은 다 엄마를 지니고 산다. 하지만 나는 엄마가 없다. 실제로 엄마라는 사람이 내 앞에 나타난다 해도, 그녀는 내 엄마가 될 수 없다. 엄마라는 이름만 지녔을 뿐이다. 엄마는 자식을 위해 눈물을 흘려야 한다. 엄마는 자식에게 젖을 물려야 한다. 밥을 해 줘야 하고 옷을 갈아입혀야 한다. 자식과 눈을 맞추고 살이 부비고 서로 대화를 해야 하고, 애틋하고 숭고한 마음을 지니고 있어야 엄마가 되는 것이다. 나는 엄마! 엄마! 불러 보았다. 거기엔 아무 감흥도 아무런 정서도 묻어 있지 않았다. 그저 의미 없는 단어에 불과했다. 사전적 의미만 떠올랐다. 미로에게 보고 싶은 엄마가 있었다니 참 고마운 일이다. 보고 싶은 사람이 있다는 건 즐거운 일이다. 힘이 되기도 한다. 한때 나에게도 그리움은 윤활유였다. 할머니가 보고 싶어 아무도 몰래 눈물을 흘리기도 했다. 아주머니가 이제나 저제나 찾아올까 은근히 기다려 보기도 했다. '너 보러 올게.'라는 말이 쉽게 잊히지 않았다.

지금은 미로가 잠시만 내 눈에 안 보여도 보고 싶다. 아니, 내 앞에 있는데도 그립다. 보고 있어도 갈증이 났다. 품고 있어도 품고 싶었다. 태동이가 낮잠을 자도 깨워 같이 놀고 싶었다. 같이 놀고 있어도 또 놀고 싶었다.

내 모든 안테나는 미로에 꽂히고 태동이에게 꽂혔다.

동네 구경을 나왔다. 나는 띠를 두르고 태동이를 안았고, 미로는 우유병과 커피포트가 든 배낭을 멨다.

"거듭아, 우리도 이런 시절이 있었겠지. 엄마 아빠에게 안겨 방실방실 웃던 시절. 넘어질까, 행여 다칠까 애태우던 엄마 모습이 생생하게 떠오르네. 거듭아. 아니, 태동 아빠, 여기 입가에 있는 흉터 좀 볼래? 넘어져서 다쳤는데 엄마가 먼저 눈물을 흘렸어. 내가 울어야 하는데 엄마가 먼저 울길래 나도 덩달아 울었지."

흉터가 어디 한두 군데여야지. 무릎에 난 흉터를 보면 미로가 얼마나 험하게 놀았는지 알 것 같다. 팔뚝에 난 칼자국은 무슨 훈장 같기도 하다. 죽으려 그었는데, 하늘은 왜 그때마다 살려냈는지 모르겠다며 원망하던 미로, 미로가 커 온 얘길 듣다 보면 복잡하게 얽혀있는 미로 속을 걷는 듯하다.

"거듭아, 넌 어땠어?"

미로는 내 말을 듣고 싶은 거다. 불쑥불쑥 내 입을 바라보며 중얼거린다. 말문 좀 열라고. 그런데 나는 두려웠다. 말문이 트이면 제일 먼저 무슨 얘길 꺼낼지 나도 모른다. 그 얘길 가장 먼저 할까? 나는 버려진 아이라서 할 말이 없다고. 그날이 그날이었다고. 내가 죽기를 기다린 사람들이 있었다고. 내 옆에 사람이 없었다고. 내 옆에 있었던 사람은 할아버지와 할머니뿐이었는데, 그분들도 나를 버리고 세상을 떠났다고. 상대방 눈과 마주치는 순간 그 속이 훤히 보인다고, 달팽이 침낭에 혼이 들어가 있다고, 동물들과는 대화를 나눌 수 있다고, 그래서 나는 사람들 사이에서는 고립되어 산다고.

'너 그거 아니? 미로 네 앞에서는 이목구비, 오장육부, 내 모든 신체가 다 해제된다는 거. 너와 얽힌 얘기는, 몇 날 며칠 온종일 그 얘길 하라면 쉼 없이 할 수 있다는 거.'

태동이 돌잔치를 온 동네 사람들과 같이 치렀다. 마당에 현수막도 걸고 햇빛 가리개도 쳤다. 부녀회에 많지 않은 기금을 내놓았더니, 동네 아낙들의 솜씨로 마당 가득 푸짐한 음식이 차려졌다. 동네 어른들한테

일일이 인사를 해야 하는데, 마침 태동이 첫돌이 돌아와 겸사겸사 잔치를 벌이자는 의견이 모아졌다.

거기다 내가 그린 세밀화를 마당 둘레에 전시했다. 단원들이 내 노트를 보고, 오는 손님들에게 볼거리로 세밀화를 걸자는 제의에 흔쾌히 그러자고 했다. 태동이 돌잔치가 빛난다면 무슨 일인들 마다하겠는가. 나는 여러 권의 노트를 내놓았다. 단원들이 여러 장을 골라 액자로 만들었다. 마당 둘레가 전시장이 되었다. 동네 어른들이 몰려와 흥겹게 놀았다. 단원들은 연극 한마당으로 잔치 분위기를 띄웠다.

나와 태동이, 미로 셋이서 진달래색 한복을 곱게 차려입었다. 한복을 처음 입어 보는데 가슴이 뿌듯했다. 나는 미로가 하자는 대로 따라 했다. 사진을 찍자면 사진을 찍고, 음식을 먹자면 음식을 먹고, 어른들에게 인사를 하라면 공손히 두 손 모아 고개를 숙였다. 사람들과 눈만 맞추지 않았다.

마을 어르신이 세밀화를 탐냈다. 미로가 선물로 주자고 말했다. 그러자고 했다. 이게 사진이여? 그림이여? 도무지 모르겠다는 그들 표정을 미로가 읽은 것이다.

사진사를 자청한 권 언니는 나와 미로를 세워 놓고 결혼식 사진이라며, 사진을 찍어 주었다. 둘이서도 찍고, 셋이서도 찍고. 둘이 웃고 셋이 웃고.

나는 사진 찍기를 제일 싫어한다. 보육원에 라면 상자를 들고 와 원생들을 죽 세워 놓고 사진 몇 장 박고 돌아가는 국회의원들, 크리스마스에 빵과 음료수를 전해 주며 사진 몇 장 박고 돌아가는 단체들. 시설을 방문하는 사람들은 사진 박기를 좋아했다. 나는 거기에 끼는 걸 싫어했다. 싫어했다는 말은 어울리지 않지만, 그 속에 끼어야 한다는 의식조차 없는데 원장이 자꾸 내 몸을 그 사진 속으로 들이밀었다. 그러면 스프링처럼 튀어 밖으로 나갔다. 몸이 그렇게 시키는데 어쩌겠는가. 그때마다 원장에게 눈총을 받아야 했다. 그들이 가지고 온 먹을거리조차 주지 않았다. 그러거나 말거나 나는 먹는 것도 그리 좋아하지 않았다. 하루 세끼 먹는 것으로도 충분했다.

권 언니가 카메라를 들이대자 나도 모르게 입꼬리가 위로 올라갔다. 김치, 치즈.

잔치가 끝나고 우리 방에 액자 몇 개가 걸렸다. 나랑 미로와 찍은 사진, 태동이와 셋이서 찍은 사진으로 장식하고 나니, 어설펐던 분위기가 사라지고 여느 신혼 방처럼 푸근했다. 내가 신혼생활? 꿈만 같았다. 미로랑 옆에 나란히 누워 한 베개를 베고 잤다. 한 이불 덮고, 미로 체취를 맘껏 맡을 수 있었다.

"거듭아, 천국이 이런 곳이래."

미로가 잠꼬대 같은 말을 하고 잠이 들었다. 미로의 잠든 모습을 보는 것으로도 황홀했다.

천국이 이런 곳이라면, 어떤 것을 지불하더라도 기꺼이 가리라. 하늘에서 이루어질 내 몫을 땅으로 그대로 끌어와, 미리 살고 있는 게 아닐까 하는 생각이 들었다. 나중에 땅에서 누린 만큼 반납해야 한다 해도 후회 따윈 하지 않을 터이다.

빨강 신호등

미로 엄마 기일에, 우리는 미로 엄마가 모셔진 봉안당을 찾았다. 미로 엄마도 사진으로 우리를 맞았다. 활짝 웃는 모습이다. 미로와 많이 닮았다. 유리 벽으로 저승과 이승이 가로막혔지만, 그 사이로 안개꽃 다발로 첫인사를 나눴다. 봉안당 주위에 있는 꽃집에 들러, 미로가 안개꽃 한 아름 사서 미리 내 가슴에 안겨준 덕에 어색하지 않게 인사를 나눌 수 있었다.

"엄마, 엄마, 우리 태동이 왔어요. 엄마 손자야. 이쪽은 태동이 아빠고. 엄마도 나 낳을 때 이렇게 힘들었어? 엄마도 내가 이렇게 예뻤어?"

미로가 사진을 매만지며 어리광을 부렸다. 그 모습이 꼭 초등학생 같았다.

"엄마, 미안해. 엄마가 아파 울고 있을 때, 나는 애들하고 노느라 정신이 팔려 있었잖아. 얼마나 아팠으면 나도 안 보고 그렇게 갔겠어."

태동이가 자기 엄마가 우는 걸 보고 입을 삐죽거렸다. 나는 그만 그치라는 신호를 보내며 태동이를 받아 안았다.

'거듭이라고 했나. 고맙다, 고마워. 우리 미로 도와줘서 고마워. 우리 태동이 잘 키워 주게. 미로가 어떤 잘못을 해도 용서해 주고. 자네가 우리 태동이 잘 지켜 주게.'

미로 엄마가 그렇게 얘기하는 듯했다.

'그래요, 미로 어머니. 미로랑 내가 태동이 잘 돌볼게요. 걱정하지 마세요. 거기서 재밌게 사세요. 여기선 많이 아팠다면서요? 거기선 아프지 말고 즐겁게 지내요. 친구들도 못 만났다면서요? 거기선 친구들도 많이 만나요. 맛있는 음식도 많이 드시고요. 여기 사람들 걱정 말아요. 잘 먹고 잘사니까요. 죽을 만큼 힘들지 않아요. 될 수 있으면 여긴 잊어버리세요. 이쪽으로 고개 돌리지 마시고요. 그냥 그쪽 사람들과 어울려 사세요.'

그렇게 얘기하고 나니 마음이 한결 편해졌다. 미로 엄마가 살았다면 정말 나한테 친절하게 대해 줬을 것 같았다. 눈빛을 보면 알 수 있다.

"우리 엄마는 어렸을 때도 잘 놀지 못했대. 몸이 약해서 바깥출입도 잘 못 했대. 매일 강아지와 놀고, 집 둘레를 감싸고 있는 꽃과 나무들과 놀았대. 나무 그림자와 놀았대. 들쥐와 숨바꼭질했다는 말을 믿어야 할지 모르겠어. 아주 재밌었다고 했어. 나보고 맘껏 놀라고 했어. 친구가 부르면 빨리 나가 다치지만 말고 놀라고 하셨어. 엄마가 눈을 감을 때도 난 친구들과 신나게 놀고 있었거든. 그래서 늘 미안해. 엄마, 미안해."

미로는 말하면서 쉼 없이 눈물을 흘렸다. 태동이는 그게 자장가처럼 들렸는지 내 품에 안겨 깊은 잠에 빠졌다. 미로 엄마가 살았다면 나랑 공유할 얘기가 많았을 텐데. 새와 놀았던 얘기, 나무와 놀았던 얘기.

"그런데 아버지를 만나 나를 낳고 건강해졌대. 음식점을 크게 하면서 돈을 엄청나게 많이 벌었고. 그 돈으로 땅도 많이 사고 대궐 같은 집도 짓고 뭐 하나 부족한 게 없었는데, 엄마가 병이 난 거야. 나는 엄마가 그렇게 아픈 줄도 몰랐어. 돌아가시기 바로 직전에 알았어. 엄마 혼자 외롭게 병과 싸우다….”

　미로는 말을 잇지 못했다. 엄마가 돌아가시자마자 곧바로 미로 아버지는 재혼을 했단다. 그 충격에 미로는 학교도 그만두고 가출을 해 못된 짓만 골라 했단다. 숨 쉬는 게 싫어 입과 코를 막아 보기도 하고, 낭떠러지에서 굴러 보기도 했단다. 나쁜 짓으로 아빠에게 복수하고 싶었단다. 그래서 온몸이 상처투성이였다. 처음 미로와 눈을 마주쳤을 때 ‘죽고 싶어, 더 살기 싫어’를 왜 외치고 있었는지 이해가 되었다. 그래도 내 눈에 미로만큼 예쁜 여자는 없었다. 엄마가 된 것만으로도 아주 훌륭했다. 엄마라는 이름이 세상에서 가장 훌륭하게 다가왔다.

　“엄마 가시고 2년 동안, 내 입에 엄마라는 이름을 차마 올리지 못했어. 너무 잘못한 게 많아서, 너무 맘 아파서, 너무 속상하고 분해서. 난 엄마를 여태껏 보내지 못했어. 엄마를 보낼 수가 없었어. 어떻게 엄마를 보내. 어떻게 내 입으로 엄마가 세상을 떠났다고 말할 수 있겠어. 그래서 나 자신을 학대하며 살았던 거야.”

　미로 얼굴이 눈물범벅이 되었다. 내 옷소매로 눈물을 닦아 주었다.

　“태동이가 없었다면 아마 나는 이 세상에, 그만두자. 태동이가 듣겠네.”

　미로는 태동이 볼에, 내 볼에 입을 맞췄다.

"너 이 새끼, 잘 만났다. 그래, 늬 어미가 잘했다고 칭찬이라도 하더냐? 이 배은망덕한 색캬."

그때, 덩치 큰 남자가 느닷없이 다가와 미로 머리채를 잡아당겼다. 순식간에 당한 일이라 나도 손 쓸 틈이 없었다.

"에잇 씨팔, 재수 옴 붙었네. 이거 안 놔!"

미로가 갑자기 거칠어졌다.

나도 모르게 그의 눈과 마주친 찰나에 그가 미로 아버지라는 사실을 알아차렸다. 미로 엄마 기일이라 공원묘지를 찾아온 모양이다.

"이거 안 놔!"

미로가 두 팔을 내저으며 악을 썼다. 태동이가 잠에서 깨어나 소스라치게 놀라며 울음을 터트렸다. 나는 미로 아버지를 미로에게서 떼어 냈다. 그리고 공포에 질려 우는 태동이를 달래려는 순간, 미로가 자기 아버지 손아귀에 잡혔다. 나는 그런 그의 발을 밟아 세게 뭉개 버렸다.

"아얏! 이건 또 뭐야?"

그는 내 머리통에 박치기를 했다. 그때 미로가 자기 아버지 팔을 입으로 물어뜯었다.

"이 연놈들이 날 잡아먹으려고 환장을 했고만."

더는 버티기 힘들었는지, 미로 아버지는 땅에 털썩 주저앉았다. 팔뚝에서 피가 뚝뚝 떨어졌다. 미로는 입안에 남아있는 살점을 퉤퉤 뱉어 냈다. 입 주위가 빨갛게 물들었다.

"아이고, 거기 누구 없소! 이 자식들이 날 죽이려고!"

흘러내리는 피를 손바닥으로 문지르며 고래고래 소리를 질러댔다.

미로가 밖으로 뛰쳐나갔다. 마침 다가오는 택시에 올라탔다. 놓칠세라 나도 얼른 택시 안에 몸을 실었다. 미로 아버지라는 사람이 택시를 뒤쫓아 오다 그대로 넘어졌다.

"아, 씨팔. 오는 날이 장날이네. 뭐 저런 게 다 있냐? 태동아, 엄마가 고운 말만 하고 살랬더니 그게 잘 안 된다, 야."

미로 표정이 자꾸 일그러졌다. 태동이를 미로 품에 안겼다. 태동이가 자기 엄마의 그런 모습이 낯선지, 자기도 입을 삐죽이며 미로 가슴을 파고들었다.

"아저씨, 창문 좀 열어도 되지요? 속에서 불이 나서 그래요."

운전기사는 아무 대꾸도 하지 않다가

"아까 그분 누굽니까?"

"누구긴요. 우리 파파이지요. 아주 잘난 우리 파파."

미로가 술 취한 목소리를 냈다. 요즘 들어, 아니, 태동이를 갖고부터는 미로는 술을 입에 대지 않았다. 그전에는 술을 많이 마셨더니 머리가 핑 돈다느니, 속이 메스껍다느니 하면서 음료수를 자주 들이켜는 것을 자주 봤었다.

"아까 보니까 그분 다치신 것 같던데, 괜찮을까요?"

툭 하고 내뱉는 운전기사 목소리가 미로 귀에 거슬렸던지

"왜요? 죽기라도 할까 봐서요? 천만에 만만에 말씀입니다. 젊은 여자랑 붙어사는 재미가 얼마데 죽어요, 죽기를? 호출하면 몇 초 내로 운전

기사 뜹니다요."

미로는 말끝을 흐리고 창밖을 내다보았다. 분노를 가라앉히지 못했
다. 식식거리며 자기 머리카락을 쥐어뜯었다. 빨강 신호등 앞에 멈춰 선
시간이 너무 길었다.

나는 아차 싶었다. 달팽이 침낭을 가져오는 건데, 그걸 빼놓고 오다니.
달팽이 침낭이 아니어도 태동이가 그 역할을 잘해 줘서 다행이다 싶었
는데, 긴장이 되었다. 검은 구름이 내 마음속으로 밀려들었다. 잠시 달
팽이 침낭을 미뤄둔 게 잘못이다. 택시가 너무 느리게 갔다. 갈 때보다
거리가 더 멀었다. 불길한 예감이 들었다.

한집에 살고부터는 굳이 미로와 눈을 마주치려 애쓰지 않았다. 겉으
로 드러난 모습으로도 그 마음을 가늠할 수 있었다. 하지만 지금은 눈
맞춤이 절실해졌다. 마음을 헤아려야 태동이를 지킬 수 있다. 그래서
나는 미로 쪽으로 고개를 돌렸다. 미로는 창밖을 내다보며 분노에 찬
표정을 거두지 않았다. 한참 후에 눈을 마주했다.

'두고 봐라. 내가 연놈들을 그냥 두나. 죽사발을 만들어 놓고 말 거니
까.'

역시 예감대로였다. 미로 감정을 다스리려면 달팽이 침낭이 필요했다.
나는 이럴 때가 가장 싫었다. 남의 마음을 읽긴 해도 거기에 대한 대응
책이 없다는 게 말이다. 눈총을 쏴서라도 상대방의 마음을 다스릴 줄

아는 재능까지 부여받았다면 얼마나 좋을까. 나는 미로 손을 끌어다 태동이 손을 잡게 했다. 하지만 그 손은 이내 풀렸다. 평소엔 잘 통하던 몸짓이 택시 안에선 통하지 않았다.

'택시야, 빨리 달려 주렴.'

택시가 내 말을 알아들었는지, 막힘없이 달려 줬다. 나는 미로와 태동이를 챙길 사이 없이 집으로 뛰어 들어가 침낭부터 찾았다. 얼른 눈에 띄지 않았다. 어디다 둔 기억조차 없었다. 달팽이 침낭은 늘 내 시선에 닿아 있었다. 오늘은 정신없이 외출 준비하랴, 태동이 신경 쓰랴, 달팽이 침낭을 잠시 잊은 게 잘못이다.

온 집안을 다 뒤졌다. 옷장 열어젖히고 옷을 전부 끄집어내고, 신발장은 물론 주방 그릇들까지 모두 다 바닥으로 끌어냈지만, 달팽이 침낭은 보이지 않았다. 숨이 멎을 것 같았다. 소극장으로 달려갔다. 소품들을 풀어헤쳤다. 침낭은 어디에도 없었다.

'침낭아, 숨바꼭질 그만해. 얼른 나와, 얼른.'

나는 미친 듯이 울부짖었다. 이럴 땐 삼촌이 있어야 한다. 단원이 나서서 침낭을 찾는다면 금방 찾아낼 수 있을 텐데, 삼촌은 단원들 데리고 지방에 갔다. 초청공연이라 당장 돌아올 수 없는 처지였다.

"거듭아, 너마저 왜 이래? 나보고 어떻게 살라고 그러냐구?"

그 광경을 지켜보던 미로가 악을 쓰다 울음을 터트렸다. 태동이도 울었다. 나는 달팽이 침낭을 찾으며 울었다. 급기야 나는 지붕 위에까지 올라가 아래를 내려다봤다. 위에서 보면 잘 보일 것 같아서였다. 하지만 내 눈에는 잡동사니들만 보였다.

미로가 빨강 가방을 들고 마을 골목으로 사라지는 걸 보고도 나는 개의치 않았다. 빨강 가방이 내 시선을 잡아끌었지만, 내 관심은 오로지 달팽이 침낭뿐이었다.

지붕 위에서 내려왔다. 태동이가 발버둥 치며 울다 그쳤다, 울다 그쳤다 해도 내 눈엔 아무것도 보이지 않고, 귀에도 아무것도 들리지 않았다. 오후가 그렇게 흘러갔다.

늦은 밤까지 침낭은 나타나지 않았다. 미로도 나타나지 않았다.

"무슨 일이야? 거듭아, 왜 그래?"

오밤중에 삼촌이 놀라 들이닥쳤고, 뒤이어 도착한 단원들도 널브러져 있는 집안 분위기를 보고 입을 다물 줄 몰랐다.

"단장님, 태동이가 이상한데요?"

축 늘어져 있는 태동이를 안고 권 언니가 어쩔 줄 몰라 했다.

"병원에 데리고 가 봐. 얼른 서둘러."

단원들이 신속하게 움직였다. 삼촌은 내가 어질러 놓은 잡동사니들을 밟고 다니며 미로야, 미로야, 미로를 불러댔다.

"이 자식 정말, 전화해서 집 나가겠다고 떠든 게 정말이었어? 연락할 데도 없고 환장하겠구먼."

삼촌은 기가 막히는지 그 자리에 털썩 주저앉아, 미로가 놓고 간 전화기만 만지작거렸다.

'미로가 집을 나갔구나. 나가면서 삼촌한테 전화했구나. 미로가 집을

나가면 안 되는데. 아, 그 빨강 가방!'

나 어렸을 때, 엄마가 집을 나가 들어오지 않자, '엄마가 애 두고 집 나가면 안 되는데,' 아주머니가 그렇게 중얼거렸었다.

'엄마가 애 놔두고 집 나가면 안 되는데, 태동이 두고 가면 나처럼 벙어리 되고 나처럼 외로워지는데. 빨강 가방 들고 나가면 돌아올 줄 모르는데.'

엄마가 든 빨강 가방, 미로가 든 빨강 가방, 그 가방이 나에겐 재앙일까.

지난번에 미로가 빨간색 가방이 맘에 든다며 사달라고 했을 때부터 덜컥 겁이 났다. 뭔가 불길한 예감 같은 게 스쳐 지나갔는데, 결국 그 가방을 들고 미로는 사라졌다.

그게 다 달팽이 침낭 탓이다. 침낭만 찾으면 모든 게 다 해결된다. 오전까지만 해도 침낭은 우리 곁에 있었다. 그러니까 미로가 자기 엄마한테 가자고 할 때만 해도 태동이가 그 침낭에 코를 박고 자고 있었다. 빨리 다녀오자고 서둘지만 않았어도 그럴 일은 없었을 것이다.

나는 자물쇠를 채워 놓은 창고 쪽으로 갔다. 창고 문을 부수려고 몇 번이나 시도해 보았으나 실패한 끝이었다. 그걸 눈치챈 삼촌이 열쇠를 찾아 문을 열어 주었다.

"거듭아, 뭘 찾는 거야? 혹시 달팽이 침낭?"

그 순간 나는 삼촌 눈과 마주쳤다.

"역시 그거였구나!"

삼촌도 다급해졌다. 내 절실한 마음과 맞닿아 있었다. 빨리 찾자, 빨리 찾아야 해. 삼촌이 그렇게 외치고 있었다. 삼촌을 와락 껴안을 뻔했다.

"거듭아! 여기."

창고 구석에서 삼촌이 달팽이 침낭을 집어 들어, 내 가슴에 안겼다. 나는 그걸 품고 그 자리에 쓰러지고 말았다. 기력을 다 소진한 상태였다. 삼촌은 이동식 침대에 나를 안아 눕혔다. 나는 침낭을 머리끝까지 쓰고 마음을 가라앉혔다. 평안해졌다.

"그런데 그걸 누가 왜 여기에 갖다 놓은 거야? 엉? 아, 진짜 빌어먹을."

나는 차마 삼촌 눈을 바라보지 못했다. 삼촌 말투에 짜증이 배어 나오는 걸 보니, 무척 화가 나 있다는 증거였다. 그 범인이 앞에 있다면 당장 때려눕힐 태세였다. 집안이 온통 아수라장으로 변했으니 그럴 만도 하다.

나는 달팽이 침낭을 가지고 삼촌 곁으로 다가갔다. 땀 냄새가 풍겨 왔다. 단내였다. 삼촌이 얼마나 애를 태웠으면 땀에서 단내가 날까. 나는 삼촌을 의자에 앉혔다. 그리고 가슴에 달팽이 침낭을 덮어 주었다. 그러고 보니 침낭이 반 토막이었다. 천 모서리가 들쑥날쑥한 걸 보니, 이가 날카로운 도둑고양이가 한 짓 같았다. 그래도 반 토막이라도 남았으니 다행이다.

고단했는지 삼촌은 금세 잠이 들었다. 코 고는 소리가 달콤하게 들렸다. 나를 진심으로 아끼는 사람, 삼촌! 삼촌이 나에게 그렇게 다가왔다.

내 마음이 차분히 가라앉았다.

'삼촌을 위해서 내 마음 다할게.'

미로, 태동이, 삼촌, 세 사람이 나를 지탱해 줄 버팀목이었다. 그들이 무슨 짓을 한다 해도 난 그들을 지켜 주리라. 미로 빈자리는 내가 채울 것이다. 잠시 달팽이 침낭을 찾다가 이성을 잃었을 뿐이다.

갑자기 밥이 먹고 싶었다. 나는 창고를 벗어나 부엌으로 갔다. 그리고 쌀을 씻었다. 우윳빛 뜨물이 나왔다. 물이 어느 정도 투명해질 때까지 씻은 다음, 전기밥솥에 부어 버튼을 눌렀다. 삼촌이 왜 그렇게 밥을 좋아하는지 이제야 어렴풋이 알 것 같다. 그건 밥이라 아니라 삶이다. 힘이다. 사랑이다.

태동아 괜찮지? 병원에서 어서 돌아오렴. 밥 같이 먹자.

달팽이 침낭도 이제 슬슬 보내야 할 때가 되었나 보다.

'침낭아, 널 미련 없이 보낼 테니, 그 자리에 미로를 데려다주라.'

빵! 빵! 차가 들어왔다. 병원에 갔던 태동이가 왔다. 나는 얼른 마당으로 뛰어나갔다. 달빛이 태동이를 먼저 반겼다. 권 언니 가슴에 안겨 평안한 모습으로 잠들어 있었다. 내가 받아 안았다. 태동이가 젖 빠는 시늉을 했다.

"열이 나서 주사 한 대 맞혔어. 많이 놀란 모양이야. 푹 재우면 괜찮아진대."

권 언니가 내 어깨를 툭툭 쳤다. 툭툭, 괜찮아, 괜찮아. 세상 그보다 더한 일 많아. 앞으론 권 언니하고 친해질 것 같은 예감이 들었다. 사람들이 하나씩 하나씩 좋아지고 있다. 사람들이 내 마음에 자꾸 비집고 들어온다. 내 마음에 자리하고 있던 몇 안 되는 사람들 밀어내느라 몸살을 앓았는데, 이제 그 자리를 비집고 사람들이 들어오고 있다. 내 가슴 속에서 잔잔한 물결이 일렁거렸다. 그 일렁거림에 잠시 멀미가 났다. 미로가 그 문을 열어 놓았다. 그 문 열어 놓으려 내 곁에 잠시 머물렀나. 아직 열어야 할 문이 많은데.

나는 태동이를 아기 침대에 조심스레 뉘었다. 어느새 삼촌이 내 곁으로 다가와 달팽이 침낭을 내 어깨 위에 얹어 주었다. 나는 구김살 없이 편편하게 펴서 태동이 배 위에 침낭을 올려 주었다.

"야, 배가 등짝에 붙었다야, 살자고 하는 짓인데 밥부터 먹자."

구수한 밥 냄새가 삼촌 기분을 녹였나 보다. 달콤한 잠을 순식간에 깨웠나 보다. 밥 냄새에 기분이 들뜨긴 나도 마찬가지였다.

"우리 거듭인 못 하는 게 없어. 이제부터 밥은 거듭이가 맡아라. 반찬은 돌아가면서 하고."

삼촌은 밥을 세 공기나 먹어 치웠다. 어지간히 배가 고팠던 모양이다. 나도 공깃밥 하나를 뚝딱 해치웠다. 태동이 덕분이다. 태동이만 생각하면 가슴이 벅찼다. 미로는 잠시 태동이 곁을 떠나 있지만, 언젠가 돌아오리라. 미로는 안다. 내가 태동일 잘 지켜 주리라는 것을. 그래서 미로는 잠시 휴가를 떠난 것이다.

'그럴 테지. 미로는 이제 열여덟 살이잖아. 바람 들 때도 됐지. 그 바람 잠잠해지면 돌아올 거다.'

문제없다. 비바람이 쳐도 눈보라가 쳐도 난 태동일 지킬 것이다. 내 목숨 다해 지킬 것이다. 언제 내 목숨 내놓고 누굴 사랑해 본 적이 있었던가. 누굴 가슴 절절하게 사랑해 본 적이 있었는가. 그건 꿈에 지나지 않았다. 아니 꿈조차 꾸지 않았다. 그건 내 것이 아니었다. 내 것 아닌 것에 눈길조차 두지 않았다. 탐내지도 않았다. 바라지도 않았다.

처음부터 미로를 좋아한 게 아니다. 다만 미로 행동이 싫지 않았다. 미로가 태동이를 품게 되면서, 미로가 사랑스러웠다. 그 사랑이 향기로 피어났다. 사람 하나가 그런 위대한 사랑을 몰고 올 수 있다니. 그게 미로였다. 미로가 어떤 잘못을 해도 용서하리라.

나는 태동이 침대 옆에 의자를 끌어다 놓고 앉았다. 태동이의 고른 숨결에 더없이 평안해졌다. 태동이가 웃었다. 꿈속에서 엄마라도 만난 것일까.

나는 가끔 꿈속에서 엄마를 만났다. 그게 싫어 밤을 꼬박 새운 날도 많았다. 잠들면 엄마가 나타날까 봐.

태동이가 젖 빠는 시늉을 했다. 오늘따라 더 심하게 입을 오물거렸다. 그게 안타까워 슬그머니 내 새끼손가락을 입술에 대 주었다. 기다렸다는 듯, 순식간에 태동이 입속으로 빨려 들어갔다. 태동이가 욕지기했다. 그 사이에 얼른 손가락을 빼고 태동이를 조심스레 안았다. 태동이의 가슴과 내 가슴이 서로 맞닿았다. 가슴 뛰는 소리에 숨을 제대로 쉴 수가 없었다. 요게 내 아들이란 말이지. 네가 내 자식이란 말이지? 당장 태동이 몸 어딘가에 내 아들이라는 징표라도 남기고 싶었다.

"왜, 태동이가 또 잠투정하나?"

권 언니가 안쓰러운 표정으로 내 곁에 와 앉았다.

"태동이 아빠, 내가 태동이 봐줄게. 눈 좀 붙이지?"

나는 괜찮아요, 괜찮아요, 난 태동이 아빠잖아요. 그렇게 대답했다. 듣지 못하는 대답.

"아빠는 건강해야 해. 하루 이틀 며칠만 아빠인 게 아니고 영원히 죽을 때까지 아빠 노릇 하려면 잠도 잘 자고, 일도 잘하고, 그래야 하거든."

네, 알아요. 무슨 말인지 알아들어요. 그런데 오늘은 태동이 옆에 있고 싶네요. 요 조그만 아이가 얼마나 엄마 생각이 나겠어요. 나도 한동안 그랬는걸요. 엄마가 무섭고 악마 같았지만, 그래도 엄마가 얼마나 보고 싶었다고요. 일 년여 동안 여한 없이 식구들한테 받은 사랑 탓일 겁니다. 사람들은 5살 이전에 있었던 일을 기억하지 못한다고 하지만, 난 태어날 때부터 있었던 일들이 생생하게 기억나거든요. 아마 신이 식구들한테 원 없이 받은 그 짧은 사랑을 기억하며 살라고 그렇게 지었나 봐요.

태동이가 나중에 이런 걸 기억하면 어째요. 나처럼 어느 날 갑자기 엄마가 없어진 걸 기억하면 어쩌느냐고요. 그러니까 그 틈을 내가 채워 줘야 해요. 잠시도 공백을 주어서는 안 돼요. 건강이 중요하다고 했지요? 언제까지나 아빠로 남으려면 체력이 중요하고 돈도 필요하다고 했지요. 오늘만 태동이 곁 지키고 있다가 내일부턴 권 언니한테도 맡기고 삼촌한테도 맡기고 그럴게요. 오늘만 태동이 내가 지키게 해 주세요. 오늘 병원에 다녀왔잖아요. 주사 맞는 게 얼마나 두렵다고요. 여기저기 찔러대는 주삿바늘이 얼마나 두렵다고요. 아마 태동이도 그랬을 겁니다. 엄마도 안 보이지, 뭐에 미쳤는지 아빠도 자기를 거들떠보지 않지, 얼마나 겁이 났겠어요. 그게 얼마나 절망스러웠겠어요.

엄마가 문만 빼꼼히 열고 슬쩍 바라보고는 문을 탁 닫고 사라질 때, 그 탁 하는 소리가 천둥소리보다 더 무서웠어요. 나를 죽이고 싶다는 엄마 마음보다 그 탁 하는 소리가 더 무서웠다니까요.

태동이가 자꾸 젖 빠는 시늉을 하며 칭얼댑니다.

미로는 처음부터 모유를 고집했다. 그렇게 좋아하던 맵고 짠 음식을 멀리했다. 오로지 아기에 좋다는 음식을 만들어 먹었다. 미역국을 들통 하나 가득 끓여 놓고, 끼니때마다 큰 대접에 담아 씩씩하게 먹어댔다. 돌이 지났는데도 미로는 태동이에게 젖을 물렸다.

"삼촌, 예전엔 내가 밥을 되게 싫어했거든요. 엄마가 밥숟가락 들고 쫓아다니던 생각이 나네요. 그때 엄마 말 잘 들을걸. 자고로 여자는 엄마가 돼 봐야 엄마 생각을 제대로 한다니까."

미로는 코를 훌쩍이며 밥을 먹었다. 그런 미로 옆에서 우아하게 밥을 먹을 수 없어, 나도 게걸스럽게 밥을 먹었다. 어쩐지 그래야 될 것 같았다. 그래야 아빠 자격을 얻을 수 있을 것 같았다. 미로는 온종일 아기를 위해, 우리 극단 식구들을 위해, 나를 위해 부지런히 움직였다. 아무리 봐도 미로가 대견스러웠다. 편의점 아르바이트할 땐 화통 삶아 먹은 목소리로 거칠던 미로가 엄마라는 위치에 놓이니 완전히 달라졌다. 말도 다정하게 조곤조곤, 아이가 놀라지 않게 그렇게 속삭이듯 했다. 태동인 밤에도 젖을 찾았다. 미로는 짜증 한 번 부리지 않고 서너 번씩 일어나 태동일 보살폈다. 그게 미로였는데.

"거듭아, 사람 마음을 알아내는 기계가 빨리 나왔으면 좋겠어. 미로 걔가 그런 앤 줄 알았으면 아예 우리 극단 근처에도 못 오게 하는 건데. 에이, 몹쓸 것."

빨랫줄에 걸려 있는 기저귀를 걷으면서 삼촌이 투덜거렸다. 나는 마당에서 유모차를 천천히 끌다가 잠시 멈춰 섰다.

"아니, 그렇다는 얘기야. 거듭이 네가 이 삼촌 땜에 신세 망친 것 같아서. 아니, 우리 태동이 엄마 없는 아이로 만든 것 같아서. 아, 모르겠다. 갑자기 수세미처럼 머리가 배배 꼬인다야."

삼촌은 천 기저귀를 손다리미로 다리면서 알맞게 개 주었다. 삼촌이 저렇게 귀여운 사람이었던가.

"거듭아, 나 손 닦았다. 더럽지 않아. 그렇게 뚫어져라 보고 있으면 내 손이 부끄러워 빨개지잖아."

혹시, 혹시 내가 복권이라도 당첨되는 날에는 그거 전부 삼촌한테 주고 싶다. 아니, 내 앞으로 뭔가가 남아있다면 몽땅 삼촌에게 물려주고 싶다. 고마운 마음이 스며든다.

삼촌과 권 언니가 있어 마음이 놓였다. 언제라도 태동이를 맡길 수 있는 사람이 있어 그나마 안심이 되었다.

"그런데 거듭아, 아직 한국엔 없고 외국 어디엔가 엄마 젖처럼 똑같이 생긴 젖꼭지가 있다는데, 우리 한 번 주문해 볼까? 태동이 밤마다 자기 엄마 찾잖아. 너를 보고 있으면… 에이, 관두자. 다 내 탓이지 누굴 원망하겠나."

삼촌이 젖꼭지를 구한다면 믿을 수 있다. 태동이가 그걸 물고 잠을 잘 잘 수 있다면 열 개, 아니 스무 개라도 주문해야지.

나는 얼른 귓불을 만졌다. 앞으론 삼촌 앞에서 귓불 만지는 횟수가 더 늘 것 같은 예감에 기분이 좋아졌다.

"그래, 어떤 몸짓이라도 자주 해라. 말문이 터져 준다면 더 좋고."

삼촌은 눈치가 빨랐다. 삼촌 말대로 눈칫밥을 많이 얻어먹은 탓일 게다.

삼촌, 남의 마음 알아내는 기계가 나왔으면 좋겠다고 했지요?
농담이라도 그런 말 하지 마세요. 그건 정말 아닙니다.

모르고 사는 게 훨씬 행복해요. 속고 사는 게 좋은 거예요.

그리고 삼촌, 미로 너무 미워하지 마세요.

그 아이도 자기 안의 결핍 때문에 잠시 집을 비운 것입니다.

미로도 지금 어딘가에서 울고 있을 거예요.

아기를 낳았다고 엄마가 되는 건 아닙니다.

미로는 아직 어립니다.

준비가 필요해요. 미로는 아직 준비가 덜 된 거예요.

나는 미로가 밉지 않아요.

미로는 언젠가 태동이를 찾을 테니까요.

그러니까 삼촌, 사람 마음 알아내는 기계 따윈 기대하지 마세요.

내가 왜 태동이 눈과 마주치지 못하는지 아세요?

혹시 자기 엄마를 찾고 있을까 봐서요.

자기 엄마를 보고 싶어 할까 봐서요.

그래서 그 애의 눈과 마주치지 못하는 겁니다.

노란 리본

  태동이가 나를 옭아맨 올무들을 하나씩 둘씩 풀어 주었다. 시간에 갇히고, 습관에 갇히고, 생각에 갇혀있던 나를 자유로운 영혼으로 이끌어 주었다. 물론 미로가 첫 삽을 떠 주었지만, 시간이 흐를수록 그 폭과 길이가 점점 넓어졌다.

  태동이가 달팽이 침낭을 엄청 좋아했다. 내가 그랬듯이 태동이도 달팽이 침낭과 떨어지지 않으려 했다. 혹시? 침낭과 교감을 나누는 게 아닌가 하는 의구심이 생겼지만, 아무려면 어떠랴 싶었다. 태동이가 좋다는데, 아쉬움이 있다면 달팽이 침낭이 낡아 점점 작아지는 게 문제였다. 침낭을 만지작거릴 때마다 보푸라기가 일었다. 재생할 수 있는 거라면 얼마나 좋을까.

  "아빠, 이거."

  말을 하나하나 배우기 시작한 태동이는 아빠 이거, 아빠 이거, 이거 하나면 다 통했다. 그 말소리만 들어도 태동이가 무얼 요구하는지 다 들렸다. 그 작은 손짓만 봐도 무엇을 요구하는지 단박에 알아차렸다. 내 모든 촉각이 태동이를 향해 있었기 때문일까. 아니면 내가 아빠라서?

  "아빠, 이거."

배고프다는 신호였다.

"아빠, 이거."

오줌 마렵다는 얘기였다.

가끔 태동이는 내 입을 벌려 무엇을 끄집어내는 시늉을 했다. 아마 내가 말을 하지 않으니 답답했던 모양이었다.

"아빠, 맘마 맘마 맘마."

따라 해 보라는 시늉을 했다. 입을 벌렸다. 소리가 나오지 않았다. 눈을 마주치려 하지 않는다는 걸 알아차렸는지, 태동이는 내 시선을 따라 자기 몸을 움직여 내 눈과 마주치려 안간힘을 썼다. 몸을 낮췄다 폈다, 오므렸다 누웠다, 그래도 내가 자기 눈을 피하니까 씩씩거리며 화를 냈다.

"아빠, 아빠!"

이번엔 태동이가 고개를 위로 젖히고 나를 불렀다. 나는 잽싸게 무릎을 꿇고 태동이 가슴에 시선을 두었다.

"아빠, 아빠."

태동이는 말이 느린 편이지만, 아빠라는 단어를 입에 달고 다녔다. 태동이가 아빠를 부를 때마다 내 몸에서 전율이 일었다. 수백 번도 들은 터라 감흥이 사그라질 때도 되었건만, 매번 매 순간, 아빠라는 말에 짜릿짜릿 소름이 돋았다.

'아, 나도 말이 하고 싶다. 태동아, 태동아, 하고 부르고 싶어.'

그동안은 말이 필요 없었다. 말을 하지 않아도 불편하지 않았다. 오히려 말을 하지 않아 자유로웠다. 여유로웠다. 고요 속에 묻혀 사는 게 좋았다.

하지만 지금은 말이 하고 싶었다. 태동이랑 말을 나누고 싶었다. 주고받고, 주고받고. 아, 아, 아, 소리를 내 보았다. 혀가 자유롭게 움직이지 않았다. 쓰지 않아 퇴화한 게 분명하다. 할머니가 말 시킬 때 따라 할걸 그랬다. 이제부터 태동이 따라 한 단어씩 연습해 둬야지.

"아빠, 이거 뭐야?"

응, 그건 능소화.

"아빠 이건 뭐야?"

응, 그건 잠자리.

"아빠 이건 뭐야?"

응, 그건 아빠 입.

"입 열어 봐, 아빠. 아 해 봐, 아빠."

태동이가 고 작은 손으로 내 입술을 아래위로 벌렸다.

"아 해 봐. 아!"

나는 아, 아, 아, 태동이가 하라는 대로 따라 해 봤다. 정확한 소리는 나지 않았다.

"아빠, 아, 아, 아."

그러다가 시들해졌는지, 태동이가 마당을 빙빙 돌았다. 그 장단에 맞춰 나는 아, 아, 아…… 아들아, 내 아들아 소리를 내 보려 애를 썼다. 여전히 목은 트이지 않았다.

119

태동아, 네가 말을 배워 나갈수록 아빠는 겁이 난다.

나를 밀치지는 마라.

너와 눈을 마주치지 않는다고 짜증 부리지도 말고.

태동아, 요즘 걱정거리가 조금씩 생긴다.

네가 미로처럼 나를 떠날까 봐.

빨강 가방 들고 나를 떠날까 봐.

일거리가 심심찮게 들어왔다. 삼촌이 일감을 물어 오는 제비 역할을 톡톡히 해냈다. 어느새 나는 글 작가들이 좋아하는 일러스트레이터가 되어 있었다. 시간에 얽매이지 않고 자유롭게 그림을 그릴 수 있다는 게 좋았다.

어느 한자리에 붙박이로 앉아 작업을 하지 않아도 되고, 1시에서 5시까지 그 의자에 앉아있지 않아도 되었다. 이것도 태동이가 안겨 준 선물이다. N극과 S극은 서로 끌어당긴다. 둘이 만나면 불꽃이 인다. 역사가 만들어진다. 미로와 나는 그런 사이다. 태동이와 나는 그런 관계다. 그동안은 서로 밀어내는 N극과 N극만 만났다. 그래서 아무 역사도 만들어 내지 못했다. 그런 인생이려니, 아니 그런 의식조차 없이 그렇게 살았다. 나는 아침을 설렘으로 시작한다. 매일 매일을 기대감으로 시작한다.

'찰떡극단'은 여전히 공연을 올렸다. 소극장을 찾는 관람객에게 즉석에서 캐리커처를 그려 주었다. 그 덕분에 관객이 꾸준히 늘었다. 삼촌의 즐거운 비명도 늘어갔다. 잔디를 깔아 놓은 마당이 오가는 사람들의 쉼터였다. 삼촌은 아예 원두막까지 세웠다. 마당 가 미루나무와 돌배나무 밑에 큰 평상도 만들었다. 그 평상 위에 쑥버무리가 놓여 있고, 한 봉지의 곡물 따위가 놓여 있었다. 누가 놓고 갔는지 모르지만, 동네 사람들의 인정이 수시로 드나들었다. 그 어른들에게 초상화로 보답할 수 있다는 게 좋았다. 누구 말대로 나는 사람이 되어 갔다. 아빠도 되고, 식구들과 소통하고, 이웃과 정도 나누고.

물론 남이 볼 땐 나는 여전히 자폐 환자에 불과하다. 괜찮다. 그렇게 생겨 먹었으니까. 그걸 벗어나는 건 내 영역이 아니다. 다만 내 안에서 일어나는 변화를 놓치진 않을 것이다.

삼촌은 태동이에게 필요한 물건을 알아서 척척 구비했다. 권 언니랑 의논해서 백화점에 나가 사 올 때도 있었지만, 거의 택배로 주문했다. 장난감 상자가 들어오고, 태동이 간식거리가 들어오고, 옷이 들어 있는 상자가 수시로 배달되었다.

'미로야, 태동이 이제 제법 걸을 수 있어. 내 손 잡고 아장아장 걷는 모습 보면 눈물이 난다. 너무 좋아서, 너에게 너무 미안해서. 애는 네가 낳았는데, 태동이 때문에 나는 늘 웃게 되네. 나만 누려선 안 되는 행복인데. 돌아와라. 여기보다 거기가 좋으면 당연히 거기 있어야지. 하지만 태

동이가 보고 싶으면 언제든지 보러 와라. 문은 언제나 열려있다, 미로야.'

빨강 가방이 문제였다. 그 가방만 없었다면, 미로가 집을 나가지 않았을 텐데. 그래서 나는 가끔 지붕에 올라가 미로가 떠난 신작로를 바라보았다. 그때 미로를 잡지 못한 게 아쉬웠다. 미로는 저 신작로를 벗어나면서 계속 계속 뒤를 돌아다보았다. 눈물을 훔쳤던 것도 같다. 미로는 그때 나를 기다렸을까. 뒤쫓아 와 빨강 가방을 빼앗고, 집으로 끌어들이기를 바라고 있었을까. 어렴풋하게나마 미로의 그런 잔상이 나를 지탱해 나가는 힘이 되어 주었다. 골목을 벗어날 때까지 미로는 더 자주 뒤를 돌아다보았다. 태동이가 밟혔겠고, 내가 밟혔겠고, 우리가 살던 방이 밟혔을 테니까.

리본을 돌배나무에 걸어야겠다.

미로가 몰래 지켜보다가 리본을 보고 들어오지 않을까.

아무 망설임 없이.

그랬으면 좋겠다.

미로가 우리를 찾을 때 이런저런 생각 없이

삼촌! 나 배고파요.

거듭아, 나 밥 줘.

우리 태동이 엄마 왔다!

하면서 단박에 찾아올 수 있게.

태동이가 내게로 오는 횟수가 적어졌다. 대신 권 언니의 일과가 바빠졌다. 연극으로 바빠야 하는데, 태동이 돌보미로 바빴다. 지방 공연을 갈 때도 권 언니만 빠졌다. 마당을 뛰어다니는 태동이를 보느라 내 눈길도 바쁘게 움직였는데, 그 움직임의 횟수가 점점 줄어들었다. 거듭이를 보는 대신 일감을 손에 잡아야 했다. 거듭이를 키우려면 돈을 벌어야 해. 그 생각을 하면 저절로 힘이 났다.

　"이모, 이모, 저거."

　태동이가 돌배나무에 매달려 펄럭이고 있는 리본을 잡으려 안간힘을 쓰고 있었다.

　"태동아, 그건 안 돼. 아빠한테 혼나."

　권 언니가 태동이 교육 담당이다. 이건 이렇고, 저건 저렇고. 하지만 태동이는 하던 짓을 멈추지 않았다. 세 살배기 어린애가 징징대며 떼를 썼다. 내 손은 작업하고 있지만, 내 귀는 오로지 태동이에게만 열려 있었다. 다른 소린 들리지 않았다. 나는 작업을 하다 말고 얼른 마당으로 나갔다. 떼쓰고 있는 태동이가 한없이 가여웠다. 태동이가 결핍을 느껴선 안 된다. 있더라도 최소한 줄여야 한다. 미로에게, 미로 어머니에게 그렇게 약속했었다.

　나는 태동이를 번쩍 안아 올렸다.

　"아빠, 저거. 아빠, 저거."

　나는 태동이를 어깨에 태웠다. 돌배나무에 걸어 둔 헝겊 나비를 잡으려 팔을 휘저었다.

"태동이 아빠, 그렇게 하면 태동이 버릇없어져. 고집불통으로 자란다구."

권 언니가 못마땅한 표정으로 눈총을 주었으나, 태동이 손에 리본이 닿을 수 있도록 도와줬다. 보이진 않지만 그 기운이 미로에게 가 닿기를 바랐다. 리본이 일으키는 바람이 미로가 있는 곳까지 날아가 이쪽을 향해 걸어올 수 있기만을 바랐다. 태동이가 내 마음을 읽었는지 리본으로 부채질해댔다.

작은 아이

"아이구, 우리 새끼 잘 있었어? 우리 새끼 얼마나 보고 싶었다고."

느닷없는 소음에 나는 고개를 번쩍 들었다. 낯선 목소리가 내 귀를 따갑게 때리고 지나갔다. 우리 새끼? 나는 반사적으로 마루로 튕겨 나갔다. 마루에서 곤히 낮잠 자고 있던 태동이가 보이지 않았다. 배 위에 살짝 덮어 주었던 낡은 달팽이 침낭만 보였다. 나는 맨발로 마당으로 뛰어나갔다. 생전 처음 보는 중년 여자가 태동이에게 다가가 눈을 맞추고 있었다. 태동이는 겁에 질려 아무 소리도 내지 못했다. 납치? 나는 그 여자를 세게 밀쳤다. 아이쿠, 사람 죽네! 하고는 저만치 나가떨어졌다. 손톱에 새카만 매니큐어가 칠해져 있다. 순간, 흡혈귀처럼 느껴졌다.

"아빠, 아빠!"

태동이가 내 품에 달려들었다.

"오랜만의 낮잠 방해하는 사람이 누구야?"

심상치 않은 태동이의 괴성에 삼촌도 하품하며 마당으로 내려섰다.

"아니, 누님!"

삼촌은 입을 다물지 못하고 멍한 상태로 여자를 바라보았다.

"뭐야 넌, 낮잠이나 처자고."

여자 목소리가 날카롭게 꽂혔다.

"누님도 참, 연락이나 하고 쳐들어오지 이게 뭐유?"

넘어진 채로 일어서지 못한 여자를 삼촌이 심드렁한 표정으로 일으켜 세웠다.

"야, 쳐들어오다니, 손님 대접을 이렇게 해도 되는 거니?"

"대접받으려면 제대로 절차를 밟아야 하는 거 아니냐구."

삼촌이 나에게 시선을 보내며 사태 파악에 들어갔다.

"내 집에 내가 오는 데 뭔 절차가 필요해!"

"애들이 놀라잖아. 누난 그게 탈이야. 제멋대로인 거."

"넌 그 옷차림이 뭐냐, 거지같이."

나는 태동이 귀를 두 손으로 막았다. 세상엔 들어서 좋은 말과 안 들어도 되는 말들이 많다. 저 거친 목소리와 무례한 행동을 태동이에게 보여 주고 싶지 않았다. 삼촌이 빨리 저 여자를 밖으로 끌어내기를 기다리며, 나는 태동이를 품에 안고 방으로 들어왔다. 달팽이 침낭을 둘러 줬다. 태동이 숨결이 잔잔해졌다. 탐색하고 있는 것일까. 자신을 해칠 사람인가 아닌가를.

'태동아, 언제 잠에서 깬 거야. 왜 아빠를 찾지 않고 마당으로 나갔어? 엄마가 보고 싶은 거였구나.'

미로는 지금 어디서 무얼 하고 있을까? 우리처럼 이 순간 나를, 태동이를 떠올릴까. 입덧할 때, 아기 낳을 때, 엄마가 되는 게 그리 쉽냐면서, 어떤 고난도 이길 수 있다고 단호하게 말했던 미로는 지금 이 순간, 누구와 같이 있을까. 죽을 맛인데도 참고 견디고 있을까. 나가기 싫어했던

Bar에 또 나가고 있을까. 우리 집에 느닷없이, 무례하게 찾아와도 괜찮을 사람은 미로 한 사람밖에 없다. 미로는 무례해도 되는 사람이다. 적어도 우리에겐.

밖에선 아직도 옥신각신이다. 태동이 눈에 다시 불안감이 스며들었다.

"아빠, 아빠 무서워. 나 졸려, 잉잉잉."

'그래그래 우리 태동이 코 자자. 아빠가 재워 줄게. 자장자장……'

태동이가 칭얼거렸다. 가엾어 죽을 지경이다. 저 여자 때문이다. 아무도 기다리지 않고, 아무도 반기지 않는 곳에 나타난 불청객 때문에 갑자기 나도 울고 싶어졌다. 그 대신 마음속으로 자장가를 불렀다.

"사람은 세월 따라 변해야 정상이거든. 너는 그 고리타분한 모습 그대로구나. 넌 아직도 촌티를 벗지 못했어. 여전히 궁상맞아."

"그래 알았수, 알았으니까 그딴 말 그만두고, 우리 나가서 얘기하자구."

"버르장머리 없는 것도 여전하구, 어딜 가자는 거야? 나는 내 맘 내키는 대로 해. 가고 오는 것 내가 정한다구. 그러니 이래라저래라 참견 말거라."

화통 삶아 먹은 목소리가 온 집안을 뒤흔든다. 여자가 기어코 마루로 입성했다.

"누나 맘대로 사는 건 좋은데, 남들보고 이래라저래라 하지 말라구!"

삼촌 목소리에도 뿔이 났다. 삼촌이 뿔나면 정말 무섭다.

'삼촌, 제발 마루에 오르지 못하게 막아 주세요.'

나는 방문을 닫았다. 가슴이 서늘해졌다. 찬 이슬을 맞고 있는 기분이다. 그 서늘함이 태동이한테까지 전이된 모양이다. 태동이가 부르르 몸을 떨더니 갑자기 울음을 터트렸다.

"앙앙앙앙, 엄마! 엄마!"

엄마, 그 단어가 지닌 고유한 의미를 태동이는 알고 부르는 걸까. 아니면 그냥 자신도 모르게 부르는 고유명사에 불과할까, 나처럼? 태동이와 눈을 마주치고 싶었다. 그러면 태동이가 뒤틀린 심사를 단박에 알게 될 텐데.

"오, 그래그래. 아가야, 이리 오렴."

여자가 방문을 열고 불쑥 방문턱을 넘었다. 그리고 팔 벌려 우리에게로 다가왔다. 나는 반사적으로 여자를 세게 밀어냈다. 여자가 마루로 나가떨어졌다. 뒤에 섰던 삼촌까지 나뒹굴었다. 태동이가 더 크게 울었다.

'가엾은 우리 아가. 제발 울지 말거라. 그 울음소리 들으면 이 아빠 가슴이 너무 아프단다.'

태동이는 그냥 우는 게 아니었다. 서글프게 울었다. 흐느낌이 절절했다.

"곰도 재주를 넘을 때가 있다더니 꼭 그 꼴이구나, 넌. 이건 완전 반칙이야."

완전 반칙? 어디서 듣던 음성이다. 그다음은 '차라리 죽는 게 낫잖아'였지, 아마? 잊었다. 나는 모두 잊었다.

그런데 그 기억을 고스란히 지닌 작은 아이가 내 안에서 툭 튀어나왔다.

그 작은 아이는 여전히 공포에 질려있었다. 눈이 하얗게 뒤집혔다. 금세 온몸이 굳었다.

"이건 완전 반칙이야. 차라리 죽는 게 낫잖아."

'그래 죽어 주자. 차라리 죽는 게 낫지.'

작은 아이는 입과 코를 막았다. 들숨과 날숨도 멈췄다. 청각에만 차단기를 친 줄 알았는데, 숨 쉬는 구멍에도 차단기가 설치되어 있었다. 그때 누군가 작은 아이 입안에 공기를 넣어 주었다. 찬 공기가 순식간에 폐 깊숙한 곳까지 들어간다. 배가 빵빵해질 때까지. 죽으면 안 돼, 거듭아. 안 돼, 지금 죽으면 안 돼. 할머니가 그렇게 속삭였다. 거듭아, 얼른 숨을 쉬어 얼른! 할아버지 목소리였다.

그 사건을 겪은 뒤, 작은 아이는 세상과 고립됐다. 사람들과 소통을 거부했다. 오롯이 혼자, 자신과 놀았다. 누군가가 말을 시켜도, 누군가가 웃어도, 누군가가 옆에 있어도 상관하지 않았다.

바쁘지 않아도, 배가 부르지 않아도, 돈이 없어도, 친구가 없어도, 공부 안 해도 불행이 뭔지 몰랐다. 작은 아이는 그냥 작은 아이일 뿐이었다. 작은 아이는 그렇게 내 안에 갇혀 살았다.

"이건 반칙이야."

여자가 나타나 소란을 피우자, 작은 아이는 진저리 치며 공포에 떨었다.

"넌 도대체 뭐 하는 녀석이야?"

"누님, 이제 나도 마흔 넘은 어른이거든. 내가 집 뛰쳐나와 이 모양 이 꼴로 사는 게 누구 때문인 줄 알기나 해? 누나의 그 쇠꼬챙이 같은 말투가 난 싫었다구. 여긴 나 혼자 사는 곳이 아니라니까. 제발 예의 좀 지키시라구."

이 방 저 방 문틈 속에서 단원들 눈동자가 반짝였다.

"이제껏 뭐 했냐고 묻잖아. 너 거듭이랑 저 꼬마 표정 봤지? 쟤네가 네 눈에는 정상으로 보이니?"

"누나는 그게 탈이야. 모든 걸 누나 시선으로 판단하는 거. 쟤네 지극히 정상이거든."

"말은 똑바로 해야지, 뭐 눈에는 뭣만 보인다더니 네가 그 꼴이구나."

"암튼 누나랑 있으면 머리가 돌 것 같으니까, 다른 곳으로 가 보슈."

드디어 삼촌이 힘을 썼다. 마당으로 여자를 내몰았다.

"아니 이게 간뎅이가 부었구나. 이게 누구 집인데? 나가려면 니들이 나가?"

여자가 힘으론 안 되는지 아예 땅바닥에 누워 버렸다.

내 혀가 자꾸 말려 들어간다. 누군가 나를 죽이려고 목을 조른다. 숨이 막힌다. 그리고 그 자리서 쓰러진다. 거듭아, 거듭아, 사람들이 우왕좌왕, 119 구조대원이 들이닥친다. 그리고 산소 호흡기를 내 코에 낀다.

빠른 속도로 구급차는 달린다.

"무슨 충격 받은 일 있어요?"

의사가 의례적인 질문을 한다.

"아니요. 몇 년 동안 이런 적 한 번도 없었는데 갑자기……."

삼촌 목소리가 떨린다.

"거봐. 내 뭐랬어. 이게 정상이니?"

여자 목소리는 여전히 날카롭다.

작은 아이는 여전히 떨고 있다.

'아이야, 차단기 이제 거두어도 돼. 내가 널 지켜 줄게. 나는 이제 어른이니까. 나는 이제 태동이 아빠니까.'

나는 작은 아이가 가여워 말을 걸었다. 말을 거는 건 처음이다.

'왜 울고 그래? 울지 마. 숨을 크게 쉬어 봐.'

작은 아이 머리를 쓰다듬어 주었다. 아이가 고개를 끄덕인다.

'이리 와, 내가 안아 줄게.'

우는 아이를 포근하게 감싸 안았다. 그래도 아이는 여전히 공포에 휩싸였다.

'괜찮아, 괜찮아, 내가 있잖아. 이젠 아무도 너를 해칠 사람 없어. 내가 네 주인이잖아. 주인이 괜찮다면 다 괜찮은 거야.'

나는 아이를 위로해 주었다. 그동안 얼마나 슬펐냐고. 얼마나 견디기 힘들었냐고. 그동안 얼마나 외로웠냐고.

'아이야, 네가 아우성칠 때마다 너를 꼼짝 못 하게 가둬 둔 거 미안해.

시도 때도 없이 툭툭 튀어나올 때마다 널 막은 거 미안해. 난 그게 최선이라고 믿었어. 그래서 난 너를 까마득히 잊고 있었어. 이제부턴 네가 하고 싶은 대로 해. 울고 싶으면 실컷 울고, 웃고 싶으면 웃고, 짜증 나면 짜증 부리고, 응석 부리고 싶으면 얼마든지 응석 부려. 내가 다 받아 줄게.'

작은 아이는 한꺼번에 터진 봇물처럼 울부짖었다. 아이는 울고 있지만, 그게 다 하소연이었다. 나는 다 알아들었다.

'그래그래, 내가 잘못했다. 날 용서해라. 아이야 미안하다, 미안해.'

그제야 아이는 울음을 그친다.

태동이에게 신경 쓰느라, 내 안에 갇힌 작은 아이에게 너무 소홀했나 보다. 태동이가 태어난 후론, 아예 작은 아이 따윈 염두에 두지도 않았다. 태동이가 그 자리를 대신 차지한 게 사실이다. 그렇게 살아도 되련만 여자가 작은 아이를 또 불러들였다.

'그래그래, 미안해. 아이야, 미안하다.'

내가 작은 아이에게 그렇게 다독이는 순간, 그걸 따라 하는 여자의 음성이 들렸다.

"그래그래, 내가 잘못했다. 거듭아, 미안하다."

소독약 냄새가 훅 느껴졌다. 보육원으로 들어간 뒤로는 병원 따윈 실려 가지 않았다. 누구와도 접촉하지 않았으므로. 고립이 나를 쓰러트리지 않았다. 배가 아파도, 머리가 아파도, 어느 부위를 다쳐 피가 철철 흘러도 쓰러지는 일은 없었다. 육체가 아픈 건 얼마든지 참아 냈다.

"아가야, 눈을 떠 봐. 우리 거듭이 이대로 죽지 않지요?"

여자가 침대에 누워있는 나를 껴안았다. 나는 도로 눈을 감았다. 그 여자 냄새. 예전의 그 여자, 여자 목소리에 작은 아이가 더 움츠러들었다.

'저 여자는 여전히 내가 죽기를 바라고 있어, 나는 죽으면 안 돼. 나는 아빠니까.'

삼촌이 내 손을 잡았다. 손끝으로 짜릿한 전류가 흘렀다.

"짜식, 깨어났구나. 고맙다."

손가락 끝으로 나누는 조우도 괜찮다.

"누난 집에 가 계세요. 여긴 내가 지킬 테니까."

삼촌이 금방 알아차렸다. 내가 그 여자를 무조건 밀어내고 있다는 사실을 말이다.

"멍청이 같으니라구. 넌 지금 그걸 말이라고 하고 있냐? 내 자식 내가 지킨다는데 그걸 니가 왜 말려?"

누가 이기나 한 판 붙어 보자는 태도다.

"참 내, 자식을 낳기만 하면 뭐 해, 거듭인 누나를 싫어한다구요. 여기까지 실려 온 걸 보면 몰라요? 나랑 살면서 이런 일 한 번도 없었다구."

삼촌도 여전히 뿔이 나 있다. 나는 응원의 박수를 보냈다.

"누나 말대로 나는 무식해서 아무것도 모르지만, 거듭이 마음은 헤아릴 수 있다구. 여기에 누나가 있는 한 거듭이는 퇴원 못 해요. 이제라도 엄마 노릇 제대로 하려면 자식 마음부터 헤아려 보시지, 누님?"

"그렇게는 못 한다. 나도 여기서 한 발짝도 뗄 수 없어. 어디 누가 이기나 해볼까?"

누가 이기나? 잠잠했던 작은 아이가 그 소릴 듣고 또다시 소스라치게 놀란다. 부부가 싸움질을 시작하면 언제나 저 소릴 빼놓지 않았다. 그래서 작은 아이는 달팽이 침낭 속으로 숨어들었을 것이고. 누가 이기나 내기하다가 남자가 집을 나가고 그다음은 질세라 여자가 집을 나갔다. 도우미 아주머니에게 맡기고. 결국 누가 이긴 싸움일까? 왜 저 여자는 내기를 좋아할까. 내기 좋아해서 얻은 게 무엇일까. 제발 삼촌이 이 내기에선 이겼으면 좋겠다. 나는 작은 아이를 다독였다. 괜찮다고. 그때는 어려서 너를 지키지 못했는데 이젠 내가 너를 지켜 준다고. 해칠 사람 하나도 없다고. 다독다독, 아이는 안심하고 단잠에 빠진다. 나도 단잠에 빠졌다. 쉽게 깨어날 수 없는 깊은 잠.

"거듭아, 이젠 일어나 집에 가자. 태동이가 아빠를 애타게 찾고 있어."

아득하게 삼촌 목소리가 들렸다. 아, 태동이, 태동이가 기다리고 있단다. 눈이 저절로 떠졌다.

"짜식, 넌 죽고 싶어도 죽을 수가 없겠구나. 태동이 지키려면."

맞는 말이다. 태동이를 지켜야 하니 나는 죽을 수가 없다. 아니, 죽어서는 안 된다. 침대에서 일어나려 했지만, 마음뿐이다.

"짜식, 나흘 동안 어딜 헤매다 이제 돌아온 거야? 너 이번엔 아주 위험했어."

나흘이나? 담당 의사가 달려왔다.

"나거듭 씨? 내 말 들리면 손가락 좀 움직여 보세요."

나는 있는 힘을 다해 손가락을 움직였다. 미세한 떨림에 불과했지만, 의사에게 보내는 최대한의 내 의지였다.

"앞으로 또 쓰러지면 위험한 거 알지요? 한 번 쓰러질 때마다 뇌세포에 손상이 많아요. 조심해야 합니다."

입에 거품 물고 쓰러져 응급실에 실려 오는 일이 없어야 할 텐데, 내 안의 작은 아이에게 속삭였다.

'우리 이제 쓰러지지 말자.'

석고상

돌볼 아이가 하나 더 늘었다.

하나는 태동이, 하나는 내 안에 상처투성이로 웅크리고 있는 작은 아이. 작은 아이를 잘 다스려야 한다. 그렇지 않으면 응급실로 또 실려 가는 불상사가 일어날 것이다. 그게 아직 서툴다. 방법을 찾아야 한다. 여자가 내 앞에 나타나지 않았다면 작은아이도 깊은 심연에서 깨어나지 않았을 텐데.

"아빠, 아빠."

태동이가 내 목을 껴안았다. 내 얼굴에 침을 묻혀 가며 뽀뽀를 한다. 여자가 장난감을 치우며 내 눈치를 보았다. 그리고 뒷방으로 사라졌다. 저 여자가 아직도 우리 집에 있었구나.

나는 태동이를 업고 마당을 돌았다. 태동이를 업을 수 있어 좋았다. 일상으로 돌아온 게 좋았다. 미로와 돌잔치를 했던 곳, 진달래색 한복 입고 사람들에게 다가가 인사했던 마당. 돌배나무도 좋아라, 손뼉 치고 온몸을 다해 흔들었다.

"아빠, 나비."

리본 하나가 나뭇가지에서 힘없이 떨어졌다. 나는 그것을 주워, 내 등에 업혀 있는 태동이에게 건넸다. 태동이가 엄지와 검지로 살포시 잡았다. 그리고 입에 대고 후후 불었다. 그 바람에 리본이 공중으로 날아올랐다. 어느 정도 날다가 곤두박질치고 말았다. 땅에 떨어진 리본이 바람에 구르다 어디론가 사라졌다. 그 모습이 흉하지 않았다. 아쉽지 않았다. 아직 돌배 나뭇가지엔 여러 장의 리본이 걸려 있다. 머잖아 저 리본들도 태동이 손을 거쳐 산화되리라.

"애들에겐 또래가 필요해. 내가 태동이 친구들을 불러 모을 거야."

"누나! 누난 원래 애들 좋아하지 않았잖아? 우리 생활, 누나가 엉망으로 만들지 말라니까."

구석방을 차지한 여자는 될 수 있으면 내 눈에 띄지 않으려 했다. 의사가 내린 처방 중에, 환자가 싫어하는 것은 가까이 두지 말라 당부했다. 충격받는 횟수가 늘면 늘수록 병실에 누워 있는 시간이 길어질 거라고. 아마 그 당부가 여자를 뒤로 물러앉게 한 모양이다. 하지만 삼촌과 옥신각신하는 소리는 여전히 들렸다. 한동안 쓰지 않던 차단기를 사용해야겠다.

'그럼 태동이는?'

태동이 귀에 여자 말이 들리면 안 된다.

나는 창밖을 보았다. 태동이가 담 밑에 웅크리고 있는 토끼에게 파 한 움큼을 내밀었다. 토끼장 문이 열려 있었다. 태동이가 열어 준 게지. 새끼 잃은 토끼가 불쌍했던 모양이다. 그 여자 때문이다. 새끼 낳은 지 하루도 되지 않아 여자는 새끼가 귀엽다며 기어코 토끼장 안으로 손을 내밀어 새끼를 집으려 했다. 그때 어미 토끼가 잽싸게 새끼를 물어 죽였다. 누가 새끼를 해칠라치면 토끼는 잽싸게 자신이 먼저 새끼를 물어 죽이는 습성이 있다. 그게 토끼의 모성이다.

삼촌 말대로 여자는 우리 생활에 도움이 되지 않았다. 불청객일 뿐이다.

'토끼한테 파를 먹이면 안 되는데.'

나는 얼른 마당으로 나갔다. 그리고 태동이 손에 들려있는 파 대신 먹이 주머니에 넣어 둔 당근 하나를 꺼내 손에 쥐어 주었다. 어미 토끼도 자기를 해치지 않는다는 것을 알았는지 태동이 품에 폭 안겨 눈동자만 이리저리 굴렸다. 털을 쓰다듬어 주고 있는 태동이를 보니, 미로 생각이 간절해졌다. 우리 집에 미로만 있으면 더 바랄 게 없는데, 미로만 들어오면 빈틈이 없는데. 틈이 점점 벌어지고 있는 듯했다. 저 여자 때문에.

"햐, 태동이가 동물을 엄청나게 좋아하는구나. 태동아, 우리 동물원에 갈까?"

여자가 뒷방에서 안마당으로 나왔다. 내 안의 작은 아기가 찔끔 놀랜다. 나는 안심하라 이른다. 괜찮아. 사실 나도 긴장은 된다. 또 구급차가 달려올지 모를 상황으로 몰고 갈지 나도 겁난다. 하지만 피하면 안 된다. 지면 안 된다. 작은 아이는 내가 지킨다. 태동이는 내가 지킨다.

'삼촌은 저 여자를 그냥 두고 말 작정인가.'

처음엔 당장 내쫓을 것처럼 눈을 부릅뜨더니, 그것도 지친 모양이다.

사람 마음을 살핀다는 게 참 피곤했다. 마음 창고가 얼마나 큰지 가늠하기 힘들다. 백 가지, 천 가지 변화무쌍한 감정들이 다 들어가도 채울수 없는 거대한 창고가 들어있을 게 틀림없다. 삼촌의 변화무쌍한 감정이 아니라면 여자는 벌써 이 집에서 쫓겨났을 것이다. 여자를 측은하게바라보았다가, 화를 내었다가, 소리 질렀다가.

태동이가 토끼를 토끼장에 넣고 문을 닫아 주었다. 토끼는 살포시 엎드려 눈을 감았다. 그걸 본 뒤에야 태동이가 얼른 내 손을 잡았다. 그순간, 하마터면 여자와 눈을 마주칠 뻔했다.

"아빠, 호랑이 좋아."

태동이가 내 뒤에 숨어 중얼거렸다. 호랑이가 보고 싶다는 건가.

"그럼, 우리 호랑이 보러 동물원에 갈까? 동물원에 가면 여우도 있고아주 큰 뱀도 있단다. 아가야, 할머니한테 오렴."

내민 손을 보니 긴 손톱이 아니다. 매니큐어도 안 발랐다. 옷도 수수하게 입었다. 저 여자가 그 여잔가 하는 의구심이 일 정도로 다른 모습이다. 호칭에 따라 모습도 변하는 모양이다. 할머니라는 호칭을 듣는순간, 거짓말처럼 여자는 할머니로 보였다. 할머니? 나에게도 할머니가 있었다. 가짜 할머니가 아닌 진짜 할머니. 그 할머니는 나로 웃고 나로 울던 할머니였다. 과연 저 여자에게 그런 할머니 사랑이 들어 있을까. 태동이를 보호하려면, 저 여자 마음을 들여다보는 거다. 그러나 선뜻 눈 마주치기가 두려웠다. 저 여자 감정 창고에 가짜가 득실댈까 봐.

"아가야, 할머니가 호랑이도 사 주고 여우도 사 주고 강아지도 사 줄 거야. 우리 태동이가 사 달라는 거 다 사 준다니까. 어때, 할머니 맘에 들지?"

"아빠, 나비, 저기 나비."

태동이가 딴청을 피웠다.

"할머닌 진짜 나비도 아주 많이 사 줄 수 있는데, 할머닌 돈도 아주 많은데, 보여 줄까?"

태동이는 여자가 꺼낸 지갑 따위엔 관심이 없었다. 느닷없이 토끼장 앞으로 달려가 문을 열었다.

"아니, 쟤가!"

여자가 토끼장 쪽으로 달려갔다. 눈 깜짝할 새, 토끼가 축 늘어진 채 태동이 손에 들려 있었다. 태동이는 아무렇지 않게 토끼를 휙 집어던졌다. 토끼가 움직이지 않았다. 나는 깜짝 놀랐다. 이럴 수가.

"어머 세상에, 이럴 수가!"

여자가 손으로 입을 막았다. 잠시 후 여자가 다시 입을 열었다.

"우리 태동이 아주 똑똑하네. 토끼한테 당근도 먹이고. 태동아, 할머니가 업어 줄게.

태동이가 못 들은 척 마당을 빙빙 돌았다.

"그러면 이 할머니가 사 준 장난감이랑 옷, 책, 전부 할머니가 뺏을 거야."

여자가 귀담아듣지 않는 태동이 동태를 살폈다. 내 손이 부들부들 떨렸다. 당장에라도 토끼처럼 저 여자를?

"누나, 정신과라도 다녀오시지, 정말 일내고 싶어?"

삼촌이 부리나케 나와 태동이를 번쩍 안아 올렸다. 태동이도 불안한 눈빛을 감추고 삼촌 가슴에 얼굴을 묻었다. 나는 작은 아이가 불쑥 튀어나올까 봐 겁이 났다. 몸이 그대로 얼어 버렸다.

"할머니는 부자다. 할머니는 부자다."

태동이가 같은 말을 자꾸 되풀이한다.

"뭐라구, 부자 할머니? 그래 태동이 말이 맞네. 태동인 좋겠다. 엄청나게 돈 많은 할머니 둬서."

삼촌이 빈정대며 여자에게 눈총을 쏘았다. 삼촌은 태동이를 안고 들어가 버렸다. 나는 토끼를 땅에 묻어 주었다. 그리고 미안하다고 용서를 빌었다. 생명은 그 누구도 맘대로 손대면 안 되는데, 어쩌자고 태동이가….

안마당에 둘만 정물처럼 남았다. 허공을 응시하고 있는 여자가 꼭 석고상 같다는 생각이 들었다. 창백한 석고상. 번쩍 들어 마당에 내팽개치면 금방이라도 박살 날 것 같은 바짝 마른 석고상.

'왜 그랬어요? 왜 나를 버렸느냐구요?'

기어코 작은 아이가 불쑥 튀어나온다. 여자만 보면 공포에 질리던 작은 아이가 앙탈을 부리기 시작한다. 그 앙탈에 내가 휘청거렸다. 나는 나를 바로 잡으려 안간힘을 썼다. 자세를 고쳐 세웠다. 발에 힘주고, 배에 힘을 잔뜩 주었다. 어지럽긴 해도 혀가 말려 들어가지는 않았다. 이 게임에선 작은 아이가 이기도록 도와줘야 한다. 그러려면 내가 이겨야 한다. 쓰러지지 말아야 한다.

"그때는 말이야, 엄마도 죽을 것 같았어. 직장 상사는 내 능력 밖의 일을 요구하지, 남편이란 작자는 집 나가서 코빼기도 보이지 않지. 집에 들어와 널 보면 속이 뒤집혔어. 그 모든 게 기듭이 네가 불러온 재앙이라 여겼지. 숨이 턱까지 차올라 죽을 것 같았어."

석고상이 들릴락 말락 중얼거렸다. 허공 속으로 그 말들이 사라졌다. 작은 아이는 용케도 그 흩어진 말들을 모아 들었다.

'나를 죽이고 싶어 당신이 죽을 것 같았다는 얘기지? 내 방 문고리 잡고서 당신이 했던 말이 뭐였는지 알아? 아직도 살아 있었구나, 넌 명줄도 길구나, 였어.'

햇살이 내 눈을 파고들었다. 그런 탓에 자꾸 몸이 휘청거렸다. 속이 울렁거려 더 는 서 있을 수가 없었다. 안 되는데, 작은 아이가 이길 수 있도록 내가 버텨 줘야 하는데, 버텨 줘야 하는데.

쿵! 결국 내가 지고 말았다. 벌이 윙윙거리는 소리, 믹서기 돌아가는 소리, 그 순간, 내 몸이 붕 떠서 하늘을 날았다. 껍데기는 땅에 두고 혼만 날아다녔다. 삼촌과 단원들이 우왕좌왕하는 모습이 보였다. 여자는 여전히 석고상이다.

"아빠! 아빠!"

태동이 울음소리에 혼이 돌아왔다. 나는 순간적으로 벌떡 일어났다.

"거, 거, 거듭아, 괜찮냐? 괜찮아?"

삼촌이 내 얼굴을 가볍게 두드렸다. 나는 귓불을 만졌다. 입가에 묻어 있는 거품을 삼촌이 닦아 주며 소리쳤다.

"야, 구급차 취소해."

마당에 나와 있던 식구들이 안도의 숨을 푹푹 내쉬었다.

"자자, 모두 들어가 점심상이나 차리시지? 난 잠깐 볼 일 있어."

삼촌은 여자 등을 떠밀었다. 여자가 뿌리쳤다. 삼촌 얼굴이 금세 벌게졌다. 삼촌 손아귀에 잡힌 여자가 소극장 안으로 끌려갔다.

권 언니가 태동이를 안고 들어갔다. 나도 슬그머니 내 방으로 들어왔다.

잘했다 아이야, 나는 내 가슴을 쓸어내리며 나를 칭찬했다. 아니, 작은 아이를 위로했다. 구급차에 실려 가지 않은 것만으로도 내가 나를 이겼다. 저 여자를 이겼다. 나보다 먼저 작은 아이가 안도의 숨을 내쉬는 걸 느낄 수 있었다.

'자자, 이제 시작이다. 우리가 힘을 합쳐 저 여자와 싸워 이기자.'

나는 가슴에 손을 대고 속삭였다. 작은 아이가 고개를 끄덕인다. 연대감이 생겼다.

"세상을 머리로만 살려고 하면 안 돼, 누나! 누난 따지고 재는 걸 너무 좋아한다구. 누군 뭐가 이래서 싫고, 누군 뭐가 저래서 밉구, 그러니 누날 누가 좋아하냐구."

"너 지금 연극하니? 대본 외우냐구? 버르장머리 없는 것, 기껏 살 터전 마련해 뒀더니, 뭐? 머리가 어째고 저째?"

"누나, 이제부터라도 제발 가슴으로 살아 봐요. 세상살이는 머리보다 가슴이 먼저라니까? 가슴으로 살아야 따뜻한 입김이 나오지. 그 차가운 이성이나 얄팍한 지식 하나로 세상을 평가하려니 힘들고 지치는 거야. 잘난 척해 봐야 소용없다니까. 보세요, 누난 지금 마음 나눌 친구 한 명 없잖아."

"없긴 왜 없어. 내가 안 만나는 거지. 부르면 당장 달려올 친구들이 트럭 안에 가득 넘칠 거다."

"거듭이에게 다가가려면 진심을 다해 용서부터 빌어요. 누나 잣대론 거듭이가 모자라게 보이겠지만 거듭인 절대로 모자라지 않아요, 넘쳐서 문제지."

"용서를? 내가 뭘 잘못했는데? 말해 보라니까, 뭘 잘못했는지."

"그건 누나가 더 잘 알아요. 말로는 설명할 수 없는 일이니까. 가슴에 손 얹고 하늘 보고 묻든지 땅 보고 묻든지 가만히 헤아려 보라구요."

"난 사과 같은 거 안 해. 할 필요도 없구. 엄격히 따지면 걔가 나한테 사과를 해야 돼. 걘 태어날 때부터 지금까지 내 목에 올가미를 채웠어. 그래서 늘 캑캑거리며 살았지. 그 바람에 나를 잊고 바쁘게만 살았다. 내가 나를 잊고 싶었어. 이젠 쉬고 싶어. 그런데 그게 맘대로 되질 않는구나. 또 한 명의 강력한 올가미가 나타났어."

"누난, 어미가 돼서 그게 할 소리우?"

두 사람의 말씨름이 잦아졌다. 듣지 않으려고 해도 들렸다. 이상하다. 청각에 문제가 생긴 게 틀림없다. 내 의지대로 듣고 싶으면 듣고, 차단하려면 얼마든지 조절할 수 있는데, 유독 두 사람의 말씨름은 차단되지 않았다. 솔직히 말하면 내가 차단기를 칠 수가 없었다. 혹시라도 태동이에게 몹쓸 짓을 할까 봐.

"넌 태동이가 정상으로 보이디?"

"누님! 왜 이래, 대체 우리에게 뭘 바라는 거냐구?"

"바라기는 뭘 바라, 네까짓 것들이 나한테 해 줄 게 뭐가 있다구. 연극 따위가 세상을 변화시킬 수 있다고 착각하고 있는 건 아니겠지? 태동이 하나 제대로 키우지 못하면서. 태동이 내가 키워, 참견하지 마라."

"그렇게는 못 해요. 그러려면 여기서 나가요!"

"얘가, 얘가, 아직도 모르네. 여긴 내 집이라니까! 나가려면 니들이 나가. 태동이만 놔두고."

"누님이나 종합 진단 좀 받아 보시지? 진짜 머리가 어떻게 된 것 아니우?"

"이 나이에 이 정도 윤기 나는 머리카락 갖기 힘들다. 너, 잔소리 그만하고 태동이 나한테 맡겨. 태동인 지금 정서 불안에 시달리고 있어."

"뭐라구! 태동이가 정서 불안? 미친 소리 그만하라구!"

"그러니까 내가 널 못 믿겠다는 거야. 이 시기 놓치면 태동이도 거듭이 꼴 돼. 후천적 자폐라는 소릴 들어 본 적은 있니? 네 눈에는 태동이가 토끼를 좋아하는 것으로 보이니? 그래서 토끼를 죽인 거야? 잘 살펴봐. 뭐 하나 손에 넣으면 거기에 대한 집착이 대단하잖아. 뭔가 욕구 불만이 쌓였다는 증거잖니."

"거듭이가 얼마나 잘해 주는데, 아니, 온 식구가 얼마나 잘해 주는데 정서 불안 운운하냐구!"

"잘해 준다고 해서 그게 전부는 아냐. 거듭이도 마찬가지야. 그림에 재능이 있다고 칭찬하면서 그나마 돈벌이하는 것을 무슨 큰 벼슬이라도 하는 양, 찧고 까불지만 거듭이가 이 험한 세상을 헤쳐 나갈 수 있다고 생각하니? 니들 그 사고부터 고쳐야 해, 무식한 것들."

"그렇게 잘 아는 사람이 거듭인 왜 그렇게 일찍 버렸수?"

"버리긴 누가 버려! 지 아빠라는 작자가 맡아 키운다기에 맘 놓고 떠난 거지."

"그러니까 누나도 우리 일에 참견 마. 제발, 제발 여기서 떠나라고."

안개꽃

　세 살짜리 태동이에게 선생님이 생겼다. 방실방실 잘 웃는 보육교사이다. 보육교사 임설이, 그녀에겐 태동이와 놀아 주는 역할이 주어졌다. 겉으로 보기엔 밝아 보이지만 태동이에게 보이지 않는 어두운 부분이 있을 거라며, 여자가 서둘러 보육교사를 채용했다. 설이는 아침 10시에 왔다가 오후 3시에 퇴근하기로 정해졌다. 다행히 태동이가 첫날부터 설이를 잘 따랐다. 태동이가 웃는 시간이 많아졌다. 웃을 일이 아닌 것 같은데도 까르르까르르 잘도 웃었다.

　나는 그게 더 안쓰럽게 보였다. 엄마의 부재가 아이를 저렇게 만들지 않았을까, 일부러 밝게 보이려고 애쓰는 건 아닌지, 용기를 내어 태동이와 눈 한 번 마주쳐 볼까 하다가 그만두었다.

　사실 태동이는 자기 엄마를 기억하지 못한다. 자신에게 젖을 먹였던 엄마를, 미로를 기억하지 못한다. 나는 그게 슬펐다. 일 년 넘게 함께 뒹굴었던 엄마를 기억하지 못한다는 건, 정말 가슴 아픈 일이다. 나는 엄마라는 존재를 잊었다. 태동이는 자기 엄마를 잊으면 안 된다. 코끝이 찡할 광경들이 얼마나 많았는데, 나는 그것들을 하나도 놓치지 않았다. 둘이 행복하면 나도 행복했고, 둘이 즐거우면 나도 즐거웠다. 바라보는 것으로도 나는 충만했다. 세월 가면 갈수록 더 또렷해지는 기억들.

그래서 태동이가 설이와 저렇게 웃고 떠드는 게 싫었다. 그렇게 되기까지 여자가 한몫했다. 여자는 몰래카메라처럼 그 둘을 살폈다. 연출자처럼 멍석을 잘 깔아 주었다. 태동이도 여자가 싫지 않은지, 가끔은 할머니라고 부르며 그 여자 품에 안기기도 했다. 어느 날 갑자기 집을 떠났듯이, 어느 날 갑자기 태동이를 안고 사려져 버린다면? 그 생각을 하니 섬뜩했다.

설이는 태동이가 낮잠 자는 틈을 타, 내 작업실로 슬쩍 나타난다. 그러거나 말거나, 나는 설이를 투명 인간 취급했다.

"거듭 씨, 나랑 사진 한 장 찍어요."

그게 답답했던지, 설이가 스마트폰을 들이댔다. 하마터면 설이 얼굴에 붓질을 할 뻔했다.

"괜찮아 거듭 씨, 나 나쁜 여자 아니야. 좋은 사람이야. 거듭 씨랑 친구하고 싶어서 그래."

친구? 미친 짓이다. 미로 하나로도 충분하다. 기억하는 것만으로도 충분하다.

"나도 태동이 엄마처럼 거듭 씨랑 마음으로 말하고 싶어. 단장님한테 들었어. 두 사람은 말하지 않아도 불편 없이 지냈다고. 그게 가능한지 궁금하네. 진실은 말없이도 통하긴 하지. 마음은 거짓이 없잖아. 말 많은 세상이 너무 싫어."

설이는 혼자 묻고 혼자 대답했다. 저의가 뭔지 눈 한 번 맞춰 봐? 그러긴 싫었다. 아무 이유 없이, 나와 상관없는 사람 마음 들여다보는 건 비

겁한 일이다. 원래 나쁜 사람은 없다. 나쁜 행동이 있을 뿐이지. 혹시 태동이에게 해 입힐 사람인지 살펴보려 했는데 그런 느낌은 들지 않았다. 설이도 어지간히 지쳐 보였다. 남의 아이를 돌보려니 그럴 만했다. 미로는 온종일, 밤새도록 일하고도 힘들다 하지 않았다. 힘든 게 좋다고 했다. 엄마였으니까.

"거듭 씨, 태동이 말이야. 아빠를 하나도 닮지 않았네. 아빠를 닮았으면 영화배우처럼 잘생겼을 텐데."

'말 많은 세상이 싫다면 당신 입부터 닫아야 해. 남의 일에 지나친 관심 꺼야 피곤하지 않을 테고.'

갑자기 피로가 밀려왔다. 미로와 온종일 같이 있으면 좋기만 했다. 한 세상 살아갈 때, 그렇게 좋은 사람 몇 명이나 될까. 같이 있을 때 더 많이 바라볼 걸 그랬다. 더 많이 손잡을 걸 그랬다. 더 많이 껴안을 걸 그랬다. 그리고 더 많은 얘기를 들었어야 했다. 설이 옆에 있다 보니 미로 생각이 더 간절해졌다.

"거듭이 방에 있는 사진 떼어 버려, 보기 싫다."

여자가 삼촌에게 단호하게 말했다. 여자가 하는 짓, 하나만이라도 맘에 든다면? 삼촌은 여자 말에 들은 척도 하지 않았다. 하긴, 요즘 들어 태동이가 방안에 붙어 있는 가족사진을 들여다보는 횟수가 줄어들었다. 이건 엄마, 이건 아빠, 이건 태동이 하며 호칭을 불러대곤 했었는데,

요즘 태동이는 설이에게 딱 달라붙어 좀처럼 떨어지지 않았다. 밥도 같이 먹고 화장실도 같이 가고 마당도 같이 돌고 책도 같이 읽고, 그야말로 찰떡궁합이었다.

태동이를 기다리는 시간이 길어졌다. 나에게 오기를 기다리고 또 기다렸다. 설이는 나를 놀이에 끌어들이려 애를 썼다. 하지만 나는 태동이가 나에게 달려오기만을 기다렸다. 태동이가 어쩌다 나를 찾았을 땐 눈물이 찔끔 나올 정도로 반가웠다. 그것도 설이가 퇴근한 후에야 주어진 선물이었다.

온 식구들은 그런 태동이를 보고 아기는 아기네, 라는 표정으로 내 눈치를 살폈다. 서글펐다. 배신감으로 다가올 때도 있었다. 미로는 나를, 우리를 버렸지만 배신감은 들지 않았다. 그녀가 지니고 있는 슬픈 영혼 때문에 어딘가를 떠돈다고 생각하면 가슴이 아렸다. 그래서 나는 미로를 기다리지 않았다. 내 곁으로, 우리 곁으로 돌아오기를 빌지 않았다. 다만 미로가 보고 싶었다. 참고 참다가 미로가 최고로 보고 싶을 때는 지붕으로 올라갔다. 미로가 걸어갔던 그 길을 한참 동안 바라보면 마음이 차분해졌다. 그런 시간이면 미로도 나를 기억하고 있을 것 같아서다.

그런 다음 슬그머니 내려와 돌배나무 아래에 이젤을 세워 놓았다. 그 앞에 미로가 앉아 조잘대던 의자도 내어놓고, 미로가 했던 말들을 모아 그림으로 표현한다. 온갖 사물들이 튀어나온다. 장미도 튀어나오고, 단팥빵도 튀어나오고, 술병도, 휴대전화도 튀어나오고, 돈과 고기

과일도 불쑥불쑥 튀어나와 정신이 없다. 태동이가 태어나고 젖을 물리고 설거지를 하고 콧노래를 하고 내 볼에 뽀뽀를 해 주고.

돌배나무가 말을 걸어왔다. 너무 슬퍼하지 말라고, 삶은 슬퍼서 좋은 거고, 외로워서 좋은 거고, 서글퍼서 좋은 거라고. 그것들이 모여 열매를 맺는 거라고. 아무 자극이 없으면 죽은 거나 마찬가지라고. 뭔가 꿈틀거려야 에너지가 생긴다고.

나는 돌배나무 둥치에 기대고 앉아 눈을 감았다.

'돌배야, 너는 오래오래 남아 있거라. 떠나는 자보다 남아있는 자의 슬픔을 너는 잘 알고 있잖니, 떠난 자의 빈자리가 너무 커 견딜 수 없다는 걸 너는 누구보다 잘 알고 있잖니. 그걸 알기 때문에 너를 이리로 데려온 거고. 내가 늙어 죽을 때까지 '금요일 오후 5시 10분 물 주는 작업'은 계속될 수 있도록 우리 서로 떠나지 말자꾸나.'

돌배나무가 알았다는 듯, 몸을 부르르 떨었다. 그게 내 심장으로 느껴졌다.

늦잠을 잤다. 밤새워 뒤척이느라 뜬눈으로 밤을 보냈다. 뭔가 할 일이 잔뜩 밀려 있는 것 같은데 일은 손에 잡히지 않았다. 어김없이 가족사진이 나를 보고 웃어 주었다. 태동이는 벌써 설이와 노느라 정신이 없었다.

"웬일이냐, 거듭이가 늦잠을 자고?"

삼촌이 극단 식구들과 커피를 마시며 한마디 던졌다. 식탁에 앉으려는데 여자가 불쑥 주방으로 들어왔다. 나는 벌떡 일어나 여자를 피해 마당으로 나와 버렸다. 마주하기 싫은 사람과 마주치는 일은 참 서글픈 일이다. 여자가 마루에 있으면 나는 방에 있고, 여자가 마당에 있으면 나는 주방으로 들어와 버렸다. 무엇보다도 내 안의 작은 아이가 여자를 몹시 싫어했다. 여자의 그림자만 봐도 소스라치며 놀랐다.

그림자, 전에 그림자놀이를 자주 했었다. 언제나 붙어 다니는 그림자가 하도 고마워 그림자를 토닥거려 보기도 하고, 말도 걸어 보기도 하고, 아예 그늘로 들어가 그림자를 없애버리기도 했다. 누가 나를 하릴없이 건드릴 때마다 그걸 막아 줄 그림자 친구가 있었으면 좋겠다는 생각도 했었다.

미로 초상화나 그릴까 하고 캔버스 앞으로 갔다. 어쩐 일인지 미로 얼굴이 가물거렸다. 눈은 어떻게 생겼고, 입은 어떻게 생겼는지 아득했다. 전에는 보지 않고도 미로 초상화를 단번에 그렸었다. 눈을 감아선가. 나는 눈을 떴다. 연필로 얼굴 형태를 그렸다. 전혀 낯선 얼굴형이 그려졌다. 낮이나 밤이나 미로 생각이 떠나질 않는데, 얼굴이 희미하게 보이다니, 믿을 수 없었다. 사진이라도 들여다볼까 하려다 그만두었다.

'아차, 그랬구나. 오늘이 그날이구나.'

나는 서둘러 외출복으로 갈아입었다. 마음이 급해졌다. 지갑과 휴대폰을 챙겨 들고 밖으로 나섰다. 태동이는 노는 데 정신이 팔려, 내가 마당을 가로질러 가는지도 몰랐다.

"거듭아, 너 어디 가? 엉?"

삼촌이 울타리 밖으로 쫓아 나왔지만, 나는 이미 택시를 탄 뒤였다. 삼촌이 손으로 전화 거는 시늉을 보냈다. 나는 문자로 운전기사에게 목적지를 알렸다. 운전기사는 나를 힐끔 바라보며 고개를 끄덕였다. 삼촌에게도 문자를 보냈다. 걱정하지 말라고. 이럴 땐 미로가 한없이 고마워지는 순간이기도 했다. 휴대폰 쓰는 방법을 알려 주지 않았다면 종이쪽지에 몇 자 건네주었을 것이다. 가끔 삼촌이 외출할 때나 지방으로 공연 갔을 때, 문자 배운 걸 써먹어 보곤 했었다. 그 외에는 별달리 쓸 곳이 없었는데, 택시 기사하고도 이렇게 소통이 이루어지다니 고마운 일이다.

택시비를 주고 부리나케 내렸다. 봉안당 안으로 들어갔지만 아무도 없었다. 죽은 자들만 모여 있는 곳이라 적요했다. 사진 속에서 웃고 있는 망자들, 나는 그들의 호위를 받으며 미로 엄마에게 다가갔다. 아침에 누가 다녀갔는지 꽃바구니가 놓여 있었다. 장미꽃이 탐스럽게 담긴 바구니였다. 미로가 다녀갔다면 안개꽃이 놓여 있어야 했다. 미로 엄마는 안개꽃을 좋아한다고 했다. 나는 미로 엄마에게 인사를 했다. 약속지키지 못해 미안하다고. 미로를 잡지 못해서 죄송하다고. 하지만 태동이는 잘 자라고 있으니 걱정하지 말라고.

나는 봉안당 입구에 있는 꽃집으로 갔다. 통 속에 꽂혀 있는 안개꽃을 몽땅 샀다. 꽃집 주인과 소통도 휴대폰 문자로 주고받았다. 글로 소통을 한다는 게 이렇게 편리할 줄이야. 말을 하지 않아도, 구구절절 설명하지 않아도, 글 몇 자로 의사소통이 이루어졌다. 누군지는 몰라도 이런 기술을 만든 사람에게 절이라도 하고 싶었다. 진심을 담아 절하고 싶었다. 모르면 모르는 대로, 알면 아는 대로 살아가게 마련이라고 삼촌이 말해서 그런 줄 알았다. 사람이 살아가는 데 많은 것을 배우지 않아도 다 밥 먹고 살 수 있다고 나를 안심시켰다. 산수도 100까지만 셀수 있으면 되고, 글도 동화책만 읽을 수준이면 되고, 친구도 한 명이면 되고, 쌀도 하루 먹을 것만 있어도 된다고 했다. 그래서 나는 그렇게 믿었다. 삼촌 말을 믿었고 삼촌을 믿었다. 하지만, 하나하나 배워 가는 것도 나쁘지 않았다. 무엇보다 태동이와 소통하는 길이라면 무엇이든지 기꺼이 받아들이련다.

"손님, 안개꽃 받으실 분이 어느 분이세요?"

안개꽃 다발을 포장하며 주인아주머니가 물었다. 문자로 하려다 그만두었다.

"안개꽃 꽃말 아시지요? 깨끗한 마음, 간절한 마음이래요. 그래서 그런지 여기 오시는 손님 중에도 안개꽃 찾는 분이 아주 많으세요. 하늘에서 이 꽃 받으시는 분이 아주 좋아하시겠네요. 또 오세요."

꽃집 아주머니처럼 세상 사람들이 친절했으면 좋겠다는 생각이 들었다. 집에 있는 여자가 저 꽃집 아주머니처럼 상냥했다면 가까이 다가갈 수 있을까.

'깨끗한 마음, 간절한 마음?'

꽃을 한 아름 안고 보니 묵직했다. 향이 은은하게 다가왔다. 미로 엄마 사진 앞에 꽃을 놓았다. 주위가 환해졌다. 꽃 옆에 다리를 쭉 뻗고 앉았다. 눈을 감았다. 미로가 태동이를 품고 있을 때, 내 손을 끌어다 자기 배 위에 내 손을 얹게 했던 것처럼, 한 손으로 내 손을 끌어다 내 배 위에 얹었다.

"참 신기하지. 내 배 속에 아이가 자라고 있다니 안 믿어져. 거듭아, 겁나. 거듭아, 나를 끝까지 지켜 줘. 우리 태동이 끝까지 지켜 줘."

미로는 매일 밤 그렇게 속삭였다.

'나도 신기해. 네 배 속에 아이가 자라고 있다니 신기해. 안 믿어져. 나도 겁나. 미로야, 걱정 마. 내가 끝까지 지켜 줄게. 걱정하지 마. 태동이 내가 끝까지 지켜 줄게. 미로야, 걱정 마.'

기억을 더듬고 있는데, 발자국 소리가 들렸다. 미로? 맞았다. 미로 냄새였다. 눈을 뜨려다 말았다. 모른 척 꼼짝하지 않았다. 발자국 소리가 멈추자 사위가 다시 고요해졌다. 대신 미로 숨소리가 들렸다. 내 몸이 떨렸다. 내 가슴이 쿵쾅쿵쾅 뛰었다. 벌떡 일어나 미로를 껴안고 싶었다. 미로가 없어지기 전에 미로를 잡고 싶었다. 하지만 몸이 얼어붙었다. 내가 아는 척하는 순간, 미로가 물거품 되어 사라질 것 같았다.

"엄마, 거기서 잘 지내고 있지? 나 엄마한테 칭찬받고 싶었는데, 왜 세상 살기가 이렇게 어려운 거야? 내 뜻대로 되는 게 하나도 없어. 엄마도 그랬어? 엄마도 세상 살기 어려워 서둘러 간 거야? 엄마, 우리 아들을 놔두고 나 그 집에서 나왔어. 내가 엄마라는 사실이 싫었어. 갑자기 답답해지더라. 아이가 싫은 게 아니라 내가 싫었어. 거듭이가 싫은 게 아니라 내가 싫었어. 내 안에 가짜가 득실거리는 것 같았어. 그 맑은 사람들한테 미안했어. 그래서 아이가 젖을 떼고 밥을 먹기 시작하면서 그 집에서 나왔어. 엄마가 인사도 없이 우리 곁을 떠났듯이, 나도 서둘러 그 집에서 나왔어. 미안해 엄마. 마음 아프게 해서, 하늘에서도 편히 쉬지 못하게 해서."

미로가 내 옆에 털썩 주저앉아 울었다. 가슴이 뻐근했다.

'미로야, 나 네 옆에 있어, 내가 안 보여?'

그렇게 텔레파시를 보냈다. 그게 통한 걸까.

"거듭아, 눈 떠. 괜찮아."

미로가 내 손을 잡았다. 전율이 왔다. 눈을 떴다. 안개꽃에 시선을 두었다. 미로도 안개꽃을 바라봤다. 미로에게 시선을 두고 싶었다. 미로와 마주하고 싶었다. 어떻게 변했나, 얼굴을 보고 싶었다. 가물가물했던 미로 모습, 하지만 서로 눈을 마주치는 게 두려웠다. 미로가 잠들었을 때, 미로를 바라보느라 꼬박 밤을 새운 적이 많았다. 그때야 아무 감정도 싣지 않았으니까. 그때야 맑은 미로 영혼과 마주할 수 있었으니까. 그런데 지금은 두려움이 먼저 밀려왔다.

"안개꽃 고마워. 나는 늘 이래, 미처 준비하지 못하고 일만 저질러. 그러면 거듭이 네가 다 해결해 주었고. 태동이 내 아이 아냐, 네 아들이야. 너 아니었으면 태동인 이 세상에 태어나지 못했어. 순전히 네 덕에 태어난 아이야. 그러니까 네 아들이야."

'그래서 그게 어쨌다는 거야. 넌 태동이 엄마고 난 태동이 아빠라는
사실 모르는 사람 없어. 변한 거 아무것도 없어. 너만 돌아오면 돼.'

나는 그렇게 외쳤다.

"참 그렇더라. 처음엔 태동이 보고 싶어 미칠 것 같더라. 당장 달려가
고 싶더라. 하루만 참자, 하루만 참자, 그래도 숨이 턱턱 막혀 오더라.
음식도 넘어가지 않고 배도 고프지 않고, 잠도 오지 않더라. 죗값이 그
렇게 다가오더라. 자식 버린 죄, 너를 버린 죄, 그 벌을 달게 받겠다고 생
각하니 견딜 수 있겠더라. 그런데 견딜 수 있다는 게 더 화가 나더라. 죽
을 만큼 아프고 죽을 만큼 살기 싫은데 그걸 견디고 있는 내가 싫더라."

미로는 소리 없이 눈물을 흘렸다. 볼을 타고 똑똑 떨어지는 눈물방울
이 대못이 되어 내 가슴에 박혔다.

'미로야, 울지 마. 넌 태동이 엄마야. 엄마는 그렇게 약하면 안 돼.'

안아 주고 싶었다. 손만 뻗으면 닿는 곳에 미로가 있다.

"내가 아이를 낳은 여자인가, 내가 정말 엄마였던가, 태동인 잠시 내
몸 빌려 세상에 태어난 것뿐, 나는 빈껍데기일 뿐, 그 고운 아이가 어찌
내 아이가 될 수 있겠어."

미로가 내 얼굴을 똑바로 바라보았다. 그 순간 나도 모르게 미로 얼굴
을 바라봤다. 미로가 아니었다. 예전 미로 모습은 온데간데없었다. 그
래서 미로 얼굴이 가물가물했었구나.

"내가 싫어 얼굴 다 뜯어고쳤지. 미로라는 이름도 싫어, 이름도 바꿨

어. 나, 미로 아니야. 아 참, 우리 엄마가 이 소리 들으면 슬프겠네. 엄마가 지어줬거든. '언제나 변함없는'이란 뜻을 지닌 '온새미로'에서 따온 미로. 나는 언제나 미안한 마음을 품지 않고 살 수 있을까?"

　미로가 정말 낯설었다. 드라마에서 본 배우와 많이 닮아 있었다. 하지만 아무리 버리려 해도 자신의 영혼만은 버리지 못했다. 변하지 않았다. 미로는 나에게 미안하다, 거듭아. 미안해, 거듭아. 그렇게 외치고 있었다. '미안해'라는 말엔 모든 게 다 들어 있었다. 내가 두려워하는 모든 것들이 그 속에 다 들어 있었다. 이젠 미로가 멀리, 더 멀리 떠날 거란 예감까지 들었다.

　나는 미로를 끌어안았다. 가지 말라고, 그러면 안 되는 거라고. 태동이가 자기 엄마보다 설이를 더 좋아할까 두렵다고, 나는 그렇게 속삭였다. 미로가 그 말을 알아들었는지 내 품에 안겨 가만히 있었다.

"고맙다, 거듭아. 너한테 배운 게 참 많다. 착하다는 게 무엇인지 이제 알 것 같애. 사람들은 남한테 폐 끼치지 않고, 싫은 말 안 하고, 친절하고, 있는 것 조금 나눠 주고, 그런 사람들 보고 착하다고들 하지. 그렇지만 그런 착한 사람들 대부분은 자기가 조금이라도 손해 보거나, 자기 이미지에 손상을 입을 때는 절대로 자신을 내어 주지 않지. 정말로 착한 사람은 비겁하지 않아. 내가 손해 보더라도 남이 어려울 때 도와주는 것, 남이 힘들어할 때 기꺼이 함께 있어 주는 것, 자기가 손해 보더라도 따지지 않는 것, 그런 사람이 진짜 착한 사람들이지. 거듭이 너처럼 말이야. 모두 나를 버렸을 때, 너는 나를 껴안았어. 너한테 원 없이 큰 사랑 받았어. 그 사랑 죽을 때까지 간직할게. 그 사랑만으로도 난 평생 충만하게 살 수 있을 거다. 그런 사랑 다신 없을 거야. 거듭아, 고마워."

이대로 죽고 싶었다. 미로를 껴안은 채 그대로 눈감고 싶었다. 이대로 꼭 껴안고 블랙홀로 뛰어들고 싶었다.

'미로야. 고맙다는 말, 하지 말고 언제든지 태동이 보러 와라. 언제든지.'

"아니야, 거듭아. 나도 그게 행복인 줄 알았는데, 어느 날부턴가 태동이를 보고 있으면 겁이 났어. 내 자리가 아닌 거야. 내가 머물 자리가 아니었어. 그건 나를 믿어 주는 사람들을 기만하는 짓이었고, 무엇보다 내가 나를 속이는 짓에 신물 났어. 하루하루 그런 내가 미워, 숨쉬기가 어려웠어. 그래서 집안일을 손에서 놓지 않았어. 극복해 보려구. 그런데 그게 안 되더라. 내 안에 들어 있는 악마에게 진 거지. 그러니까 거듭아, 너는 나 용서하면 안 돼. 용서하지 마."

나는 미로 눈을 주저 없이 마주쳤다. 자기로부터 벗어나고 싶다는 욕구로 가득 차 있었다. 이젠 정말 미로를 놓아 주어야겠다는 생각이 들었다.

'미로야, 고마워. 내가 평생 누릴 행복 짧은 시간에 네가 다 안겨 주었잖아. 미로 네가 내 신부가 되어 주었잖아. 나를 아빠로 만들어 주었잖아. 너를 위해, 태동이를 위해 돈 벌어 신나게 쓰는 방법도 알려 주었잖아. 네 덕분에 소소한 행복 다 누렸어. 내 주제에 미로 너 아니면 내가 어떻게 그런 경험을 했겠니. 미로야, 네 손 정말 따뜻했다. 나도 눈감을

때까지 너를 품고 살 거야. 죽음 따위도 두렵지 않을 거야.'

　나는 미로를 껴안고 그렇게 마음으로 속삭였다.

　"거듭아, 이제 그만 일어나자, 태동이가 아빠 눈 빠지게 기다리겠네, 나 이제 여기도 안 올 거야. 너도 이제 여기 오지 마."

　미로가 일어섰다. 나도 일어섰다. 어디서 살아? 무슨 일 해? 주소라도 알고 싶어. 그렇게 물었다.

　"나 우리 집으로 들어갔어. 죽을 만큼 아팠거든. 손 하나 까딱하지 못했어. 그대로 죽을 것 같더라. 그래서 내 방으로 기어들어 갔어. 아빠가 반겨 주더라. 딸이 돌아왔다고 싱글벙글이더라. 그래도 자식은 끔찍이 여기더라. 아마 나는 마음 한구석에 아빠의 사랑을 갈구하고 있었나 봐. 아빠가 나를 보자마자 끌어안는 순간 아빠에게 던진 원망이 티끌도 없이 사라졌어. 그걸 확인하고 싶었던 게 아닐까. 나, 여길 뜨려 해. 아프리카 오지로 떠날 거야. 엄마를 가장 많이 닮은 이모가 그 오지에 살거든. 거기 가서 안 올 거야. 거기서 몸 묻고 살 거야."

　미로가 내 목을 끌어안고 입을 맞췄다. 아찔했다. 잡아야 한다, 미로를 잡아야 한다. 이대로 넘어지면 안 되는데.

　"거듭아, 마지막으로 부탁 하나 할게. 태동이 할머니, 그러니까 너의 엄마 미워하지 마라. 네 엄마가 어떤 삶을 살았는지 난 다 알아. 밥을 먹어도 장난감을 보아도 아이들 떠드는 소리만 들어도 진땀이 나고 토할 것 같았어. 네 곁을 떠났지만, 결국 우리 태동이에게 돌아왔잖아. 더없이 좋은 할머니로 남을 거라는 걸 난 이미 알았어. 너의 할머니도 너를 끝까지 지켜 주었잖아. 돌아가실 때까지 너를 아꼈잖아. 부모는 자식을 버릴 수 있더라, 나처럼. 그런데 할머니는 손자 손녀들을 품지. 태동이가 할머니 손을 꼭 잡고 걸어가는 뒷모습 보고 마음이 놓였어. 이제 내가 떠나도 되겠구나. 태동이 할머니가 너무 고마웠어. 신은 이미 내 대신 할머니를 예비해 두신 거야."

미로는 단호하게 말했다. 그랬구나. 태동이를 보러 왔었구나. 나는 휴대폰을 꺼내 문자를 썼다.

'미로야, 태동이는 내가 잘 키울게. 이제 기다리지 않을게. 널 놓아줄게. 하지만 우리가 보고 싶으면 보러 언제든지 찾아와라. 언제든지.'

미로가 한참을 더 울었다. 미로와 눈을 마주했다. 걱정하지 않아도 될 정도로 마음이 차분히 가라앉아 있었다.

내가 먼저 그곳을 떠났다. 내가 먼저 택시를 탔다. 미로를 먼저 떠나보내고 나면, 내가 그곳을 떠나지 못할 것 같아서였다. 쿵 하고 쓰러질 게 뻔해서.

'미로야, 안녕. Bar에 나가지 않고 살아 줘서 고마워. 이젠 보고 싶다고 말하지 않을 거야. 너 떠난 신작로 쪽으로 고개 돌리지 않을 거야. 부디 아프지 마라.'

식구

택시가 집 앞에 서자 식구들이 대문까지 나와 나를 맞았다. 태동이가 제일 먼저 나를 반겼다.

"아빠 미워, 나도 데려가야지."

나는 태동이를 얼른 안아 올렸다. 자기 엄마 냄새를 맡을 수 있도록 내 어깨 위에 태동이 얼굴을 묻게 했다.

'그럼, 데리고 가야지. 태동아, 엄마 냄새 나지? 오늘 엄마를 만나고 왔단다. 엄마가 살아 있더라. 그것만으로도 다행이지 태동아?'

"어디 무당이라도 온 겨? 왜 그러고 서 있어, 다들 들어가지 않고."

여자가 삼촌과 극단 식구들을 안으로 몰았다. 안으로 들어가면서 삼촌이 귓불을 만졌다. 집에 무사히 들어와 장하다는 뜻이다. 저녁 어스름이 몰려오는데 내가 나타나지 않아 마음 졸였던 모양이다.

나와 태동이만 덩그러니 남았다. 어느새 태동이가 내 어깨 위에 얼굴을 대고 잠이 들었다. 혼자서 내 부재에 대해 걱정을 하고 있었을 아들을 생각하니 가슴이 아렸다. 그 앙증맞은 손으로 내 옷을 움켜쥐고 놓지 않았다. 자기 엄마를 만나러 간 걸 눈치챈 걸까. 그래서 다음엔 자기도 데려가라고 그 여린 입술을 연 걸까. 그럴지도 모른다. 미로가 태동이에게 말을 걸었을지도 모른다. 영혼끼리 맞닿아 있었는지도 모른다.

나는 그걸 믿는다. 내가 그를 미워하면 그도 나를 미워하고, 내가 그를 그리워하면 그도 나를 그리워한다는 것을. 미로가 태동이를 얼마나 그리워했을까. 얼마나 보고 싶었을까. 그러니 죽을 만큼 아플 수밖에.

'우리 아들, 이젠 괜찮아. 이젠 우리가 걱정 안 해도 돼. 우리가 걱정하면 엄마도 맘 편히 살지 못해. 그러니 나는 미로를, 너는 엄마를 보내 주자.'

마음이 가벼웠다. 나를 둘러싸고 있는 어둠이 한꺼번에 사라졌다. 마당을 가로질러 가는데, 여자가 태동이를 받아 안았다. 약속이나 한 듯 자연스러운 행동이었다. 여느 때 같았으면 어림없는 일이다. 태동이를 빼앗기지도 않았을 테지만, 여자를 발견한 즉시 밀쳤거나, 여자를 밖으로 밀어냈을지도 모른다. 태동이를 안은 여자가 여자로 보이지 않았다. 할머니로 보였다. 그래서 망설임 없이 여자 눈과 마주쳤다.

'거듭아, 미안하다. 난 엄마 자격 없어. 그때는 너를 내 안으로 끌어들이기가 싫었어. 네가 내 아들인 걸 인정하기 싫었고, 그래서 너를 두고 도망친 거야. 그땐 어디로 숨고 싶었어. 마음병이 단단히 도진 거지. 차라리 몸 어딘가에 병이 들었다면 수술하든지 도려내든지, 그것도 아니면 잘라 버리든지 하련만 마음은 내 힘으론 어찌할 수 없더라. 치유되지 않았어. 그래서 내가 나를 버린 거야. 나를 버려야 살겠더라. 그 바람에 너까지 버리게 된 거야. 미안해, 거듭아. 미안해.'

여자가 처연하게 나를 바라보며 눈물을 흘렸다.

'거듭아, 날 용서해 줘. 이제 할머니가 되고 싶어. 우리 태동이 이 할미에게 맡기면 안 될까. 너한테 주지 못한 사랑 우리 태동이한테 다 쏟아 붓도록 기회 줘라, 거듭아. 나도 여자로 살기 지겹다. 그냥 할미로 살게 해 줘, 거듭아. 내 아들아.'

여자가 눈물을 흘렸다. 노을 탓일까. 붉게 물든 사물이 푸근하게 보였다. 노을은 사람 마음까지도 녹이는 모양이다. 미로 마음과 저 여자 마음을 번갈아 가며 헤아려진다.

나는 조용히 길을 비켰다. 태동이를 안고 들어가는 여자 뒷모습을 보고 있자니, 눈물이 왈칵하고 쏟아졌다. 미로가 저 모습을 몰래 지켜보았을 테지.

'태동아, 아무것도 걱정하지 마라. 우리 미로가, 네 엄마가, 언젠가 너를 찾아올 거야. 미로가 그랬어. 할머니는 손자를 버리지 않는다고. 품에 안는다고. 우리도 그날을 기다려 볼까?'

태동이가 할머니 방으로 들어가는 것을 보고서야, 나는 돌배나무 가지에 걸터앉았다. 돌배나무가 반갑게 맞았다. 진실은 겉으로 드러나는 게 아니다. 진실은 믿어 달라 호소하는 게 아니다. 진실은 내가 나를 믿는 것이다. 부끄럽지 않으면 그게 진실이다. 돌배나무처럼 내가 다가가면 밀어내지 않는 게 진실이다.

'거듭아, 오늘 너 참 멋졌다. 아주 잘해 냈어. 박수 박수, 짝짝짝.'

모든 잎사귀가 일제히 박수를 쳤다.

'거듭아, 내 가슴에 뻥 뚫렸던 상처 다 나은 것 보았지? 며칠 전에 그 자리에 새가 둥지를 틀길래 내버려 두었어. 얼마나 가슴 벅찬 일인지.

예전에 내 가슴이 뜯겨 나갔을 땐 이대로 죽는구나, 이렇게 흔적도 없이 사라지는구나, 내 목숨이 남의 손에 달려 있다는 사실에 깊은 늪에 빠져 헤어 나오지 못했지. 그런 와중에도 내 상처를 더 후벼 파는 이들이 있더라. 구더기가 득실거리고, 못된 곤충들이 떼거지로 몰려와 내 곪아 터진 곳을 후벼 파먹더군. 그때 거듭이 너를 만난 거지. 거듭아, 사실 여기로 이사 와서도 뿌리를 내리느라 엄청나게 힘들었어. 그때마다 태동이가 응원해 주는 바람에 시름 다 잊을 수 있었지. 거듭아, 너 그거 아니? 태동이 할머니가 내 그늘을 찾기 시작했다는 거 말이야.'

여자가 그늘을? 그늘이 얼마나 포근하고 고즈넉한 안식처인지 그 맛을 아는 사람이라야 그늘을 찾는다. 고마워할 줄 아는 사람이 그늘을 좋아한다. 미로처럼. 극단 식구들처럼.

그때 작은 아이가 슬그머니 고개를 내밀었다. 나는 돌배나무에 등을 기대고 앉아 작은 아이에게 속삭였다.

'괜찮았니? 태동이 넘겨줄 때 겁나지 않았어? 너도 찔끔하는 것 같더라. 나도 조금은 찔끔했어. 그런데 지금은 마음 편해. 너도 그랬으면 좋겠어. 미로 말 들었지? 여자를 할머니로 봐 주래, 여자도 힘들었을 거래. 여자를 미워하면 미로가 힘들 것 같아서 여자를 용서하기로 했어. 미워하지 않기로 했어. 태동이 할머니로 받아들이기로 했어. 여자가 이 그늘을 찾았다잖아.'

작은 아이도 속삭였다.

'그래, 태동이가 보육원에 가지 않아서 좋아. 버려지지 않아서 좋고 태동이가 할머니를 무서워하지 않아서 좋아. 나도 이제 여자를 미워하지 않을래. 아까 낮에 미로 마음 엿보았는데, 미로처럼 여자도 우리를 떠났을 때 그렇게 아팠을 것 같애. 그래서 멀리 외국으로 떠났던 거고. 잊으려고, 잊어버리려고. 그런데 미로도 그렇고 여자도 그렇고 영원히 우릴 못 잊을 거야. 영원히. 나도 여자를 무서워하지 않기로 했어. 여자가 가여워졌어. 이젠 태동이 할머니로 모실 거야.'

작은 아이가 거부할까 봐 두려웠었다. 공포에 시달릴까 걱정된 게 사실이었다. 하지만 작은 아이는 지극히 평온한 상태였다.

'그래, 고맙다. 미로가 그러는데 저 여자도 평생 상처를 안고 살았을 거라잖아. 엄마는 그런 존재라잖아. 아이를 버릴 순 있지만 평생 아이를 잊을 수 없다잖아. 미로도 태동이를 평생 그리며 살겠다고 했어. 나는 그것으로 만족해. 미로가 태동이를 그리는 사이, 그 그리움이 슬며시 다가와 태동이를 어루만지겠지.'

밤새도록 작은 아이와 속삭였다. 오늘은 정말 긴 하루였다.

달팽이 침낭

"어머! 이를 어째?"

권 언니의 비명이 내 방까지 들렸다. 내 몸이 스프링처럼 튀어 단박에 마루에 떨어졌다.

"태동이 아빠, 난 모르는 일이야. 내 잘못 아니다."

권 언니는 자기 방으로 들어가 버렸다.

"아빠, 이거, 저기."

태동이 손에 가위가 들려 있었다. 달팽이 침낭이 조각조각 잘려 나간 뒤였다. 한눈에 보아도 수십 조각은 넘어 보였다. 태동이 할머니도 슬그머니 자기 방으로 들어갔다.

갑자기 몸이 굳었다. 아무것도 생각나지 않았다. 아무것도 보이지 않고, 아무 소리도 들리지 않았다. 세상이 갑자기 멈춰 버렸다. 그다음엔 쿵 하고 입에 거품 물며 쓰러질 순서였다.

'침착해 거듭아, 이젠 내가 있잖아. 이제 내가 널 지켜 줄게. 버팀목이 되어 줄게. 달팽이 침낭 보내 주자. 지난번에 너도 그랬잖아. 보낼 때도 되었다고. 세상에 모든 것은 언젠가 사라져. 나도, 너도. 우리 이제 달팽이 보내 주자, 거듭아.'

넘어지려는 찰나, 작은 아이 속삭임이 나를 일으켜 세웠다. 굳었던 몸이 풀리기 시작했다.

'우리 이제 어두운 그림자 다 벗어 던지자. 우리 속에 침잠해 있던 것들 다 비워 내고 가볍게 살아 내자.'

작은 아이 속삭임에 눈을 떴다. 태동이가 눈에 들어왔다. 아빠! 하며 내게 안겼다. 주위 사람들이 태동이를 떼어 내려 했다. 나는 꼭 끌어안았다.

"아빠, 이거, 저기."

돌배나무에 조각난 침낭을 매어 달라는 얘기였다. 며칠 전에 리본을 뗀 빈자리가 어린 마음에도 허전했나 보았다. 나는 태동이 손에 들려 있는 가위부터 받아 들었다. 권 언니는 무엇에 놀라 방으로 숨어들었을까? 조각난 달팽이 침낭 때문이었을까, 아니면 내가 미쳐서 날뛸게 두려워서인가. 작은 아이의 위로가 없었다면 권 언니 예상이 맞았을지 모른다. 하지만 정신을 차린 후부턴 조각난 달팽이 침낭을 보고도 놀라지 않았다. 화도 나지 않았다. 태동이 손에 들려 있는 가위로 행여 찔리거나 베이면 어쩌나 그 걱정이 앞섰다. 하긴 그런 내 자신에게 나도 놀라는 중이었다. 분신이나 다름없는 달팽이 침낭이 산산조각 난 상황인데, 버텨낼 수 있다니, 미로가 빨강 가방을 들고 나갔을 때도 나는 침낭을 찾아, 온 집안을 헤집었다. 미로 따윈 눈에 보이지 않았다. 하지만 지금은 달랐다. 작은 아이가 나에게 속삭였다. 나를 다독였다.

침낭을 가위로 오려 놓고 내 눈치를 슬금슬금 보는 태동이, 그것 때문에 마음 졸이지 않았을까, 나는 태동이를 번쩍 안아 올렸다.

'가위질이 아니어도 금방 사그라질 침낭이었지. 그래도 아들 손에 달팽이를 보낼 수 있어 아쉬움을 덜어낼 수 있네.'

예상이라도 한 것처럼, 보내 줄 마음의 준비를 하고 있었던 것처럼, 담담하게 받아들일 수 있어 얼마나 다행인지 모른다. 지켜보고 있던 식구들이 가슴을 쓸어내리며 각자 있던 자리로 돌아갔다.

나는 담담하게 달팽이 침낭 조각을 끌어모았다. 보푸라기가 손에 묻었다. 낡을 대로 낡아 저절로 천이 떨어져 나갔다. 태동이는 천 조각을 만지느라 다른 곳엔 관심조차 없었다. 나는 태동이를 무릎에 앉혔다. 그리고 태동이가 바라는 대로 그 천 조각으로 꽃을, 새를, 나비를 만들었다. 한 장, 두 장, 세 장……. 크기는 달랐지만 리본 만들기엔 충분했다. 권 언니가 슬그머니 다가와 천이 부서지지 않게 풀을 발라 빳빳하게 만들었다. 물감으로 장식도 했다. 입체적으로 꾸몄더니 진짜 같았다. 하긴, 진짜와 가짜를 구분하는 건 그리 중요하지 않다. 조화라도 꽃처럼 보면 꽃이고, 나무처럼 보면 그게 나무다. 침낭 천은 원래 나무였을지도, 꽃이었을지도 모른다.

'자, 이 리본들 돌배나무에 달자.'

태동이와 밖으로 나왔다. 그리고 사다리를 세웠다. 태동이 손엔 여러 모양의 리본이 한 아름 들려 있고, 내 손엔 철사가 들려 있었다. 둘이서 돌배나무에 리본을 매달았다. 그러는 동안도 내 마음이 평온했다. 마치 미로 품에 안겼을 때처럼.

'달팽이 침낭아, 서운하지? 나도 무지 서운하다. 우리 인연은 여기까지인가 보다. 부디 나에게서 해방되렴. 미로처럼 너도 자유롭게 내게서 떠나가렴. 내 안에 갇혀 고생 많았다. 삭막했을 내 삶이 네가 있어 여유로웠다. 이젠 너를 의지하지 않고 혼자 사는 법을 배워 볼게. 너 없이도 잘 살아 낼게.'

양 볼에 눈물이 흘러내렸다.

"와와와, 이거 좋아. 아빠 좋아, 아빠 좋아."

그래, 좋다. 나도 좋다. 네가 좋다면 나도 좋다. 리본 사이로 하늘이 처연하게 나를 내려다보았다. 여느 하늘이 아니었다. 공기도 다른 날과 달랐다. 빨리 달아나려던 구름도 잠시 멈춰 서서 우릴 내려다보았다.

돌배나무도 눈물을 흘렸다. 나뭇가지가 촉촉이 젖었다.

'돌배나무야, 달팽이 침낭이 태동이 손을 거쳐, 네가 마지막으로 품을 수 있다는 게 나는 좋다. 더 바랄 게 없다. 그래서 침낭을 보내면서도 마음이 평온한가 보다.'

그때 태동이 손에 들려 있던 꽃 리본이 내 어깨 위에 살짝 내려앉았다. 마지막 인사라도 나눌 셈인가. 나는 조심스레 손바닥 위에 받쳐 들었다. 주먹을 쥐면 금방 가루로 부서질 것 같았다.

'이제 너를 볼 수 없구나. 눈으로 볼 수 없다고 너를 잊는 건 아니다. 아득할 때도 있겠지만, 너와 동행했던 시절은 잊을 수가 없구나. 미로가 우리 곁을 떠났다 해서 그 시절이 떠난 건 아니듯이…'

나는 꽃 리본을 꼭 쥐었다. 바스락, 힘없이 바스러졌다. 하늘 높이 날려 보냈다. 먼지가 되어 훨훨 날아갔다. 태어날 때부터 이 세상에서 유일한 친구였던 달팽이 침낭, 내가 슬플 때, 외로울 때, 나를 감싸며 위로해 준 친구, 내 수호신이 이제 내 곁을 영원히 떠났다.

나는 그렇게 달팽이 침낭과 이별했다. 19년 동안 하루도 빠짐없이 동행한 나의 유일한 친구.

이제 더는 숨어들 곳이 없다. 달팽이 침낭은 이미 그 기능을 잃었다. 돌배나무에 걸린 잔재는 태동이 소유다. 태동이 놀잇감으로 충분하다. 내가 바라는 것은 태동이가 저 리본 속으로 숨어들지 않기를 바랄 뿐이다.

달팽이 침낭을 돌배나무로 보낸 후, 태동이와 눈을 마주쳤다. 아뿔싸! 눈 맞춤을 했는데도 태동 마음이 보이지 않았다. 한순간에 온 마음을 읽어낼 수 있어야 하는데, 깜깜했다. 마음이 보이지 않았다. 태동이가 움직이는 몸동작만 보였다. 말소리만 들렸다.

다음은 삼촌 눈을 마주했다. 어정쩡한 태도, 긴장한 표정으로 서 있는 삼촌과 눈 맞춤을 해도 그의 마음을 알 수 없었다. 용기를 냈다. 태동이 할머니와 눈을 마주쳤다. 권 언니와, 단원들과 하나하나 눈 맞춤을 했다.

모든 게 낯설었다.

'어, 천형처럼 껴안고 살았던 형벌이 감쪽같이 사라진 걸까?'

다시 태동이 눈과 마주쳤다. 단원들 한 명 한 명 돌아가며 눈 맞춤을 했다. 이목구비와 몸집, 그런 게 비로소 들어왔다.

"야! 거듭이와 눈을 처음으로 마주쳤네."

"그러게, 내 가슴이 왜 이렇게 뛰지? 참 모를 일이네."

"햐, 소원 하나 풀었네. 거듭이와 눈 마주치는 거."

모두 호들갑을 떨었다. 그게 뭐길래.

'아, 나도 이제부터 사람답게 살 수 있겠구나. 저들의 생각을 말로 들을 수 있겠구나. 저들의 행동을 맘대로 살필 수 있겠구나. 내가 보는 만큼, 내가 느끼는 만큼, 그만큼만 세상이 보이겠구나. 이제 지긋지긋한 형벌이 사라졌구나. 수시로 차단기를 칠 필요가 없겠구나. 달팽이 침낭이 나의 형벌을 안고 떠났구나. 신이 나를 그렇게 조종했구나. 작은 아이야, 네 기분은 어때?'

이건 또 뭐지? 작은 아이의 움직임이 보이지 않았다. 다시 아이에게 신호를 보냈다. 반응이 없었다.

'인사도 없이 침낭과 함께 사라졌구나. 잘 가라. 작은 아이야.'

나는 나를 감싸고 있던 애착 하나를 의연하게 보냈다. 보내는 것에 익숙해진 모양이다.

'할머니가 그러셨어. 거듭이는 말도 하고 울기도 하고, 웃기도 하고 말도 하는 아이라고. 그 시절로 돌아가는 거야. 닫았던 문을 열고 이제부터 다시 시작하는 거야.'

신이 또 무엇으로 나를 조종할지, 어떤 세계가 펼쳐질지 모르겠지만, 기꺼이 받아들이리라.

모두 잠든 밤이다. 나는 마당으로 나왔다. 별똥별을 오랜만에 보았다. 시설에 있을 땐 수시로 보았던 광경이었다. 새벽을 기다렸다가, 별똥별이 떨어진 방향으로 가 보았지만, 흔적조차 찾지 못해 아쉬움으로 하루를 견뎌내곤 했었다.

나는 평상에 앉아 얼굴을 무릎 사이에 묻었다. 텅 빈 세상이 내 주위를 맴돈다. 두려움이 밀려온다. 두려움의 정체를 모르겠다. 온몸을 휘감고 있는 이 두려움은 뭐지? 감이 오지 않는다. 두려움의 강도가 점점 강하게 다가온다. 몸이 심하게 떨린다. 스스로 제어할 수 없다. 몸을 둥글게 오므린다.

그때 누군가가 나를 등 뒤에서 안는다. 누군가의 가랑이 사이로 내가 들어가 있다. 자신의 몸을 있는 대로 쫙 펴서 나를 감싸려고 안간힘을 쓴다. 거부할 틈을 주지 않는다. 시간이 흐르면서 두려움이 서서히 사라진다. 평온이 찾아온다. 나는 분명히 기억한다. 자궁 속이 이렇게 평온했다. 누군가가 속삭인다.

"넌 내 아들이야. 늦지 않았어. 이제부터 시작이야."

달팽이 침낭

저 자 가순열

저작권자 가순열

1판 1쇄 발행 2020년 7월 10일

발 행 처 하움출판사
발 행 인 문현광
교 정 신선미
편 집 조다영
주 소 전라북도 군산시 축동안3길 20, 2층(수송동)
I S B N 979-11-6440-159-8

이 도서는 제주특별자치도, 제주문화예술재단의
2020년도 문화예술지원사업의 후원으로 발간되었습니다.

홈페이지 http://haum.kr/
이 메 일 haum1000@naver.com

좋은 책을 만들겠습니다.
하움출판사는 독자 여러분의 의견에 항상 귀 기울이고 있습니다.

이 도서의 국립중앙도서관 출판예정도서목록(CIP)은 서지정보유통지원시스템 홈페이지(http://seoji.nl.go.kr)와
국가자료종합목록 구축시스템(http://kolis-net.nl.go.kr)에서 이용하실 수 있습니다.(CIP제어번호 : CIP2020024891)